हिन्द पॉकेट बुक्स

दत्ता

शरत्चन्द्र चट्टोपाध्याय बांग्ला के सुप्रसिद्ध उपन्यासकार एवं लघु कथाकार थे। उनकी अधिकांश कृतियों में गाँव के लोगों की जीवनशैली, उनके संघर्ष एवं उनके द्वारा झेले गए संकटों का वर्णन है। इसके अलावा उनकी रचनाओं में तत्कालीन बंगाल के सामाजिक जीवन की झलक मिलती है। शरत्चन्द्र भारत के सार्वकालिक सर्वाधिक लोकप्रिय तथा सर्वाधिक अनूदित लेखक हैं। 16 जनवरी 1938 ई. को कलकत्ता में 62 वर्ष की उम्र में उनका निधन हुआ।

दत्ता

शरत्चन्द्र

हिन्द पॉकेट बुक्स
एक पेंगुइन रैंडम हाउस कंपनी

हिन्द पॉकेट बुक्स

यूएसए | कनाडा | यूके | आयरलैंड | ऑस्ट्रेलिया
न्यू ज़ीलैंड | भारत | दक्षिण अफ्रीका | चीन

हिन्द पॉकेट बुक्स, पेंगुइन रैंडम हाउस ग्रुप ऑफ़ कम्पनीज़ का हिस्सा है,
जिसका पता www.hindpocketbooks.com पर मिलेगा

हिन्द पॉकेट बुक्स
पेंगुइन रैंडम हाउस इंडिया प्रा. लि.,
सातवीं मंजिल, इनफिनिटी टावर सी, डी एल एफ साइबर सिटी,
गुड़गांव 122002, हरियाणा, भारत

हिन्द
पॉकेट
बुक्स

प्रथम संस्करण 1975 में हिन्द पॉकेट बुक्स द्वारा प्रकाशित
यह संस्करण 2020 में प्रकाशित

10 9 8 7 6 5 4 3 2 1

इस पुस्तक में व्यक्त विचार लेखक के अपने हैं, जिनका यथासंभव तथ्यात्मक सत्यापन किया गया है, और इस संबंध में प्रकाशक एवं सहयोगी प्रकाशक किसी भी रूप में उत्तरदायी नहीं हैं।

ISBN 9789353496500

मुद्रकः रेप्लिका प्रेस प्रा. लि., इंडिया

दत्ता

उन दिनों हुगली ब्रांच स्कूल के हेडमास्टर साहब विद्यालय के रत्न कहकर जिन तीन लड़कों का निर्देश करते थे, वे तीनों तीन अलग अलग गांवों से प्रतिदिन एक कोस का रास्ता तय करके पढ़ने आते थे। परन्तु तीनों में कैसा अपूर्व प्रेम था! ऐसा कोई दिन न जाता था जब तीनों मित्र स्कूल के रास्ते में एक ठूंठ वट-वृक्ष के नीचे एकत्र होकर साथ-साथ स्कूल न जाते हों। तीनों के ही घर हुगली के पश्चिम में थे। जगदीश आता था सरस्वती का पुल पार करके दिघड़ा गांव से और वनमाली तथा रासबिहारी आते थे पास-पास बसे हुए कृष्णपुर एवं राधापुर नाम के गांवों से। इनमें जगदीश सबसे अधिक मेधावी था, किन्तु उसकी हालत सबसे खराब थी। पिता पण्डिताई करते थे। किसी तरह यजमानी से घर-गृहस्थी चलती थी। वनमाली के घरवाले सम्पन्न थे। उसके पिता को लोग कृष्णपुर का ज़मींदार कहते थे। रासबिहारी के घर की हालत भी अच्छी थी। जमा-ज़मीन, खेती-बारी, तालाब-बाग, जिन चीज़ों से देहात में अच्छी तरह घर-गृहस्थी चलती है, वह सभी उनके पास था। इतना होने पर भी लड़के जो शहर में भाड़े का मकान लेकर नहीं रहते थे और तूफान में, पानी में, सर्दी-गर्मी सब सहकर इतनी दूर से रोज़ स्कूल आते थे, उसका कारण यही था कि उन दिनों कोई माता-पिता लड़कों के इस कष्ट को कष्ट समझते ही न थे। उलटा वे समझते थे कि इतना कष्ट उठाए बिना विद्या आती ही नहीं। इसी तरह पढ़कर तीनों लड़कों ने एंट्रेंस पास किया था। उस वट-वृक्ष के नीचे बैठकर उसीको साक्षी करके तीनों मित्र प्रतिदिन यह

प्रतिज्ञा करते थे कि वे जीवन में कभी एक-दूसरे से अलग नहीं होंगे, कभी विवाह न करेंगे, तीनों वकील बनकर एक ही घर में रहेंगे, सब कमाई एक ही सन्दूक में रखेंगे और उससे देश का काम करेंगे।

यह तो थी लड़कपन की कल्पना। किन्तु जो कल्पना नहीं सत्य है, वह अन्त में जाकर किस रूप में प्रकट हुआ, वही संक्षेप में बताता हूं। मित्रता को पहला धक्का लगा बी॰ ए॰ क्लास में। उस समय कलकत्ता में केशवचन्द्र सेन का प्रचण्ड प्रताप था। उनके व्याख्यानों में बड़ा ज़ोर होता था। उस ज़ोर को देहात के ये बच्चे संभाल न सके; उसी-के प्रवाह में बह गए। बह तो गए, किन्तु वनमाली और रासबिहारी जिस तरह खुल्लमखुल्ला दीक्षा लेकर ब्राह्मसमाज में शामिल हो गए, जगदीश वैसा न कर सका—वह टालमटोल करने लगा। वह सबसे मेधावी अवश्य था किन्तु दुर्बल मन का था; फिर उसके पुरोहित पिता उस समय भी जीवित थे। वनमाली और रासबिहारी के साथ वह कठिनाई न थी। कुछ समय पूर्व ही पिता के मर जाने के कारण वनमाली खुद कृष्णपुर का ज़मींदार हो गया था और रासबिहारी अपनी जायदाद का एकच्छत्र सम्राट था। इसलिए थोड़े ही दिनों बाद ये दोनों मित्र ब्राह्म-परिवारों में विवाह करके विदुषी स्त्रियां ले आए। किन्तु दरिद्र जगदीश को वह सुविधा नहीं मिल सकी। उसे समय पर कानून का इम्तहान पास करना पड़ा और एक गृहस्थ ब्राह्मण की ग्यारह साल की कन्या से विवाह करके अर्थोपार्जन के लिए इलाहाबाद चले जाना पड़ा। उधर वनमाली और रासबिहारी को जो काम कलकत्ता में रहकर बड़ा सरल जान पड़ता था, वही गांव में लौटने पर कठिन हो गया। बहुएं ससुराल में आकर घूंघट नहीं काढ़तीं, जूता-मोज़ा पहनकर राह मे चलती हैं। तमाशा देखने के लिए दो-चार गांवों के लोगों की भीड़ लगी रहती है। सारे गांव में इसे लेकर ऐसी बुराई और निंदा शुरू हुई कि बिलकुल निरुपाय हुए बिना वहां उनका रहना दूभर हो गया। वनमाली के लिए तो साधन था, इसलिए वह गांव छोड़ कलकत्ता में जाकर रहने लगा और केवल जमींदारी पर निर्भर न करके व्यवसाय

भी शुरू कर दिया। परन्तु रासबिहारी की आमदनी ज़्यादा न थी, इसलिए वह निंदा सहकर भी किसी तरह गांव में ही दिन बिताने लगा। इस तरह तीनों मित्र एक इलाहाबाद, एक राधापुर और एक कलकत्ता में जा रहे और आजीवन अविवाहित रहकर एकसाथ रहने, एक संदूक में रुपया जमा करने और देशोद्धार करने की उनकी प्रतिज्ञाएं स्थगित हो गईं। जिस ठूंठ वट-वृक्ष को साक्षी किया था, वह किसीके विरुद्ध कोई मुकदमा न चलाकर चुपचाप हंसता रह गया।

इसी तरह बहुत दिन बीत गए। शायद ही कभी तीनों मिल पाते थे। किन्तु बचपन का प्रेम एकदम समाप्त नहीं हो सका। जगदीश को पुत्र हुआ तो उसने इलाहाबाद से वनमाली को यह खुशखबरी देते हुए लिखा—"तुम्हें यदि लड़की हुई तो उसे अपनी पुत्रवधू बनाकर मैं लड़कपन में किए पाप का प्रायश्चित्त कर डालूंगा। तुम्हारी दया से ही मैं वकील बनकर आज सुख से हूं, यह बात कभी नहीं भूल सकता।"

वनमाली ने जवाब में लिखा—"बहुत अच्छा। तुम्हारे पुत्र के दीर्घ-जीवन की कामना करता हूं, किन्तु मुझे लड़की होने की कोई उम्मीद नहीं है। फिर भी मंगलमय के आशीर्वाद से यदि कभी संतान हुई तो तुम्हें दूंगा।" चिट्ठी लिखकर वह मन ही मन हंसा। कारण, दो बरस पहले उसके दूसरे मित्र रासबिहारी को जब लड़का हुआ था, तब उसने भी ऐसी ही प्रार्थना की थी। रोज़गार अच्छा चल जाने से इस समय वह खूब धनवान हो गया है और सभी उसकी लड़की लेना चाहते हैं।

2

यह चार-छः महीने की बात नहीं है, मैं पच्चीस बरस की कहानी कह रहा हूं। वनमाली बूढ़े हो चले हैं। कई साल से रोगी रहने के बाद खाट पर ऐसे पड़ गए हैं कि उनके मन में आता है, अब उठना न होगा।

वे सदा से भगवत्परायण एवं धर्मभीरु रहे हैं। उन्हें मरने का कोई भय नहीं। एकमात्र कन्या विजया का विवाह करने का योग नहीं जुट सका, इसीसे वे कुछ क्षुब्ध थे। उस दिन तीसरे पहर सहसा विजया का हाथ अपने हाथ में लेकर बोले—"बेटी, मुझे पुत्र न होने का ज़रा भी दुःख नहीं है। तू ही मेरी सब कुछ है। यह ठीक है कि अब भी तेरे अठारह बरस पूरे नहीं हुए हैं, किन्तु तेरे सिर पर इतनी बड़ी जमींदारी एवं व्यवसाय का बोझ रखते हुए मुझे ज़रा भी भय नहीं है। तेरे मां नहीं है, भाई नहीं है, चचा-ताऊ कोई नहीं है; फिर भी मैं निश्चित रूप से जानता हूं कि मेरी सम्पत्ति सुरक्षित रहेगी। केवल एक ही अनुरोध किए जाता हूं बेटी कि जगदीश चाहे जो हो और जो करे, वह मेरा बचपन का मित्र है। किसी भी हालत में उसका घर-बार बिकवाकर कर्ज़ न वसूल करना। उसका एक लड़का है। उसे आंखों से तो देख नहीं पाया, किन्तु सुनता हूं बड़ा भला लड़का है। बेटी! बाप के दोष के कारण उसे निराश्रंय न करना, यही मेरा अन्तिम अनुरोध है।"

विजया ने अश्रुरुद्ध कण्ठ से कहा—"बाबूजी! तुम्हारा आदेश मैं कभी अमान्य न करूंगी। जब तक जगदीश बाबू जिएंगे, उन्हें तुम्हारे ही समान मानूंगी। किन्तु उनकी मृत्यु के बाद उनके लड़के को कैसे छोड़ दूंगी! उन्हें तुमने आंख से नहीं देखा है; मैंने भी नहीं देखा है। यदि उन्होंने सचमुच शिक्षा प्राप्त की है, तो वे अनायास ही पिता का ऋण चुकाने में समर्थ होंगे।"

वनमाली लड़की की ओर देखते हुए बोले—"कर्ज़ भी तो थोड़ा नहीं है बेटी! लड़का है, न चुका सका तो?"

लड़की ने उत्तर दिया—"बाबूजी! जो नहीं चुका सकता, वह कुसंतान है; उसे आश्रय देना उचित नहीं है।"

वनमाली अपनी इस सुशिक्षित तेजस्विनी कन्या को पहचानते थे। इसलिए ज़्यादा जोर नहीं दिया, केवल एक निश्वास लेकर कहा—"सब बातों में भगवान को अपने सिर पर रखकर जो कर्तव्य हो उसे करना बिटिया। तुम्हें कोई विशेष अनुरोध करके मैं बंधन में नहीं

बांधना चाहता।" इतना कहकर वे थोड़ी देर चुप रहे। फिर लम्बी सांस लेकर बोले—"तू नहीं जानती बेटी कि यह जगदीश जब अच्छी हालत में था, तभी तेरे जन्म के पूर्व ही तुझे इस लड़के के लिए मांग लिया था। मैंने भी बात हार दी थी।" कहकर वे उत्सुकतापूर्वक देखने लगे।

उनकी बेटी बचपन में ही मातृहीन हो गई थी इसलिए वही उसके माता-पिता दोनों थे। इसलिए विजया पिता से माता के साथ किए जानेवाले हठ का प्रयोग करने में संकोच नहीं करती थी। बोली—"तुमने मुंह से ही वचन दिया था, मन से तो नहीं दिया था।"

"क्यों नहीं बेटी?"

"यदि वैसा होता तो क्या एक बार उन्हें अपनी आंखों से देखने की भी इच्छा न करते?"

"रासबिहारी से जब सुना था कि वह मां के समान ही दुर्बल है और डाक्टर लोग भी उसके दीर्घजीवी होने की आशा नहीं करते, तब निकट रहने पर भी मैंने उसे बुलाकर देखना नहीं चाहा। इसी कलकत्ता में किसी बासे में रहकर वह बी॰ ए॰ में पढ़ता था। उसके बाद अपनी झंझटों में मैं उस बात को भूल ही गया। किन्तु अब देखता हूं, ऐसा करने से मेरी बड़ी भारी क्षति हो गई है। तब भी तुझसे सच कहता हूं विजया कि उस समय जगदीश को तेरे बारे में अपने मन से ही वचन दिया था।" कुछ देर रुककर फिर कहा—"आज जगदीश को सभी एक अकर्मण्य, जुआरी, अपदार्थ और शराबी के रूप में जानते है; किन्तु वही एक दिन हम लोगों में सबसे अच्छा लड़का था। ऐसा मैं विद्या-बुद्धि के कारण नहीं कह रहा हूं, वह तो बहुतों को होती है; किन्तु प्राण देकर इस प्रकार प्यार करते मैंने दूसरे को नहीं देखा। यह प्यार ही उसके लिए काल हो गया। उसके अनेक दोष मैं जानता हूं, किन्तु जब याद आता है कि स्त्री की मृत्यु के शोक में वह पागल हो गया, तब तेरी मां का स्मरण करके मैं मन ही मन उसे श्रद्धा किए बिना नहीं रह सकता। उसकी स्त्री सचमुच सती-लक्ष्मी थी। उन्होंने मृत्यु के समय

नरेन्द्र को पास बुलाकर केवल इतना ही कहा—'बेटा! बस यही आशीर्वाद दिए जाती हूं कि भगवान के ऊपर तुम्हारा अचल विश्वास रहे।' सुनता हूं कि मां का यह अन्तिम आशीर्वाद निष्फल नहीं हुआ। इस अवस्था में ही वह भगवान पर मां की भांति ही प्रेम रखता है। बेटी! जिसने इसे पा लिया है, उसे संसार में और क्या पाना रह गया?"

विजया ने पूछा—"यही क्या संसार में सबसे बड़ा प्राप्य है बाबूजी?"

मरणोन्मुख वृद्ध की आंखें सजल हो उठीं। बेटी को दोनों हाथों से खींचकर छाती से लगाते हुए बोले—"हां बेटी! यह पाना ही सबसे बड़ा पाना है। संसार में और संसार के बाहर विश्व-ब्रह्माण्ड में इससे बढ़कर पाना और नहीं है विजया! तुम चाहे स्वयं किसी दिन इसे प्राप्त कर सको या न कर सको, पर जो प्राप्त कर चुका है उसके चरणों पर तू अपना सिर रख सके, मरते समय मैं तुझे यही आशीर्वाद दिए जाता है।"

पिता की छाती पर पड़े हुए विजया को मन में ऐसा लगा मानो एक बड़ी ही मधुर एवं उज्ज्वल दृष्टि उसके पिता के हृदय के भीतर से उसके अपने हृदय के गंभीर अन्तस्तल तक देख रही है। इस अभूतपूर्व एवं आश्चर्यकारी अनुभूति से थोड़ी देर के लिए वह अभिभूत-सी हो गई। वनमाली ने कहा—"लड़के का नाम नरेन्द्र है। उसके बाप के मुंह से सुना है कि वह डाक्टर हो गया है, पर डाक्टरी करता नहीं। आज यदि वह इस देश में होता तो मैं उसे बुलवाकर अपनी आंखों से भी देख लेता।"

विजया ने पूछा—"इस समय वे कहां हैं?"

वनमाली ने कहा—"अपने मामा के पास बर्मा में। जगदीश में अभी तक सब बातें सांगोपांग बताने की शक्ति नहीं लौट पाई है, किन्तु उसके मुंह से सुनी दो-एक टूटी-फूटी बातों से इतना समझ सका हूं कि उसमें अपनी मां के सब सद्‌गुण हैं। भगवान करें, वह जहां भी रहे जीता रहे।"

संध्या हो गई। नौकर दीपक जला गया और विलासबिहारी के आने की सूचना भी दे गया। वनमाली ने कहा—"अब तुम नीचे जाओ बेटी, मैं जरा विश्राम करूंगा।"

लड़की के चले जाने पर पिता ने एक लंबी सांस ली। विलास के आने की सूचना से लड़की के मुंह पर जो लाली दौड़ गई थी उससे उन्हें चोट ही पहुंची। यह विलासबिहारी रासबिहारी का लड़का है। कलकत्ता में रहकर बी० ए० में पढ़ रहा है। व्यवसाय में लाभ होने पर वनमाली ने देश में भी ज़मींदारी बढ़ा ली थी, पर वहां बहुत कम आते-जाते थे। ज़मींदारी का सब काम रासबिहारी ही देखते थे। इसी सम्बन्ध से विलासबिहारी का आना-जाना इस घर में शुरू हुआ था। परन्तु अब कुछ दिनों से उसने एक दूसरा ही रूप धारण कर लिया है जिसकी चर्चा आगे की जाएगी।

3

दो महीने हुए, वनमाली की मृत्यु हो गई। अपने कलकत्ता के इतने बड़े मकान में विजया अकेली रहती है। रासबिहारी जायदाद का प्रबन्ध करते थे, इसलिए वे विजया के भी अभिभावक बन गए; परन्तु उनके गांव में रहने के कारण विजया के प्रबन्ध का भार विलासबिहारी पर आ पड़ा।

उन दिनों ब्राह्म-परिवारों में 'सत्य', 'सुनीति' और 'सुरुचि' का विशेष प्रचलन था। गांव से शहर में पढ़ने को आए लड़के माता-पिता, गुरु, देव-देवियों के विरुद्ध होकर कहते थे—'जो हमें सत्य लगेगा वही हम करेंगे। माता के आंसू हों या पिता की लम्बी सांस हो, किसीपर ध्यान देने की ज़रूरत नहीं। इन सब दुर्बलताओं को दूर किए बिना प्रकाश नहीं प्राप्त होगा।' विजया ने भी ये बातें सीख ली थीं।

आज गांव से विलासबिहारी बूढ़े और शराबी जगदीश की मृत्यु की खबर लेकर आया था। उसने जब बताया कि जगदीश किस प्रकार शराब के नशे में छत से नीचे गिर पड़े और मर गए, तब पिता के बाल्य-बन्धु होने पर भी ब्राह्मसमाज की सुनीति के कारण विजया ने घृणा से ओठ बिचका लिया। विलास ने यह भी बताया कि दो बार ऋण लेने के लिए आने पर किस प्रकार उसके पिता ने उन्हें फाटक से बाहर निकलवा दिया था। वे उनका मुंह देखने तक को तैयार न थे। वे कहते हैं—ऐसे दुर्नीतिपरायण लोगों को सहारा देना महापाप और मंगलमय के श्रीचरणों में अपराध करना है।

विजया ने हामी भरते हुए कहा—"बिलकुल ठीक बात है।"

विलास उत्साहित होकर कहने लगा—"मित्र हो या जो भी हो, दुर्बलता के कारण ब्राह्मसमाज के चरम आदर्श को नष्ट करना उचित नहीं है। जगदीश की समस्त सम्पत्ति न्यायतः हम लोगों की है। उनका लड़का पितृऋण चुका सके तो ठीक ही है, न चुका सके तो कानून के अनुसार तुरन्त सारी जायदाद ले लेना उचित होगा। हमें उसे छोड़ देने का कोई अधिकार नहीं। उस रुपये से हम विद्यार्थियों की सहायता, धर्म-प्रचार इत्यादि अनेक काम कर सकते हैं। फिर जगदीश का लड़का हमारे समाज का आदमी तो है नहीं, तब उसपर दया कैसी? आपकी सम्मति मिलते ही उसकी जायदाद पर कब्जा कर लिया जाएगा। आपकी सम्मति प्राप्त करने के लिए ही बाबूजी ने मुझे आपके पास भेजा है।"

स्वर्गवासी पिता के अंतकाल की बातों का स्मरण कर विजया असमंजस में पड़ गई। यह देख विलास ज़ोरों से बोल उठा—"नहीं, नहीं, मैं आपमें यह दुर्बलता नहीं आने दूंगा। मैं उसी सम्पत्ति से गांव में ब्राह्म-समाज की स्थापना करूंगा और जिस अत्याचार से ऊबकर आपके पिता को गांव छोड़ना पड़ा था, उसका सुंदर बदला लूंगा। ज़रा सोचिए, देश-भर में आपका कैसा नाम होगा! सनातनी हिन्दू भी मान जाएंगे कि ब्राह्मसमाज एक जीवित धार्मिक संस्था है और इसके सदस्यों में सहृद-यता, स्वार्थत्याग और उदारता है, तभी तो जिस महात्मा को सताकर

हमने गांव से निकाल दिया था, उन्हीं की महिमामयी कन्या ने हमारे मंगल के लिए यह स्वार्थ-त्याग किया है।" सुनते-सुनते विजया मुग्ध हो गई, देशव्यापी कीर्ति का लोभ न संभाल सकी और अपनी स्वीकृति दे दी। विजया ने पूछा—"सुना है, उनके लड़के का नाम नरेन्द्र है। आज-कल कहां हैं? क्या आपकी उनसे बोलचाल या परिचय है?"

"इन दिनों गांव में ही है पर उससे बातचीत करने की तो मैं कल्पना भी नहीं कर सकता। पागल-सा दिखता है।"

"पागल-सा? मैंने तो सुना है, वे विलायत से डाक्टर हो आए है।"

"डाक्टर? मुझे तो विश्वास नहीं होता। सिर पर बड़े-बड़े बाल, बेडौल लम्बा शरीर, चाहे तो हड्डी-पसली गिन लो···।"

सचमुच विलास को अपने चेहरे और डीलडौल पर गर्व करने का अधिकार था। वह मोटा और भारी-भरकम था। विजया ने पूछा—"परन्तु उनके घर पर कब्ज़ा कर लेने से गांव के लोग हमारी निन्दा नहीं करेंगे?"

"बिलकुल नहीं। आप एक बार अपने गांव में चलकर तो देखिए। प्रजा को अपनी महारानी का दर्शन तो करने दीजिए। मैं तो कहूंगा कि गांव के स्वामी होकर भी आपके पूज्य पिता ने पागल कुत्तों के भूकने के भय से गांव छोड़कर अच्छा नहीं किया। यही क्या ब्राह्मसमाज का आदर्श है?"

"परन्तु बाबूजी तो कहते थे कि गांव का घर बेमरम्मत पड़ा हुआ है, वह रहने योग्य नहीं है।"

"आप चलना तो मंजूर कर लें, मैं आठ-दस दिनों में ही उसे ठीक करा दूंगा। सब प्रबन्ध आपकी मर्यादा के अनुकूल होगा। आपको सामने रखकर मैं असम्भव को भी सम्भव कर सकता हूं।"

विजया को गांव जाने के लिए राज़ी करके विलास चला गया। विजया वहीं बैठी सोचने लगी—'जो उसका गांव है, देश है, वहां वह कभी नहीं गई। पिता से उसके बारे में सुना बहुत है। वह कलकत्ता वाले

मकान जैसा भव्य एवं विशाल भले ही न हो, पर वहीं तो उसकी अनेक पीढ़ियों का घर है। उसके पुरखानों ने वहीं सुख-दुःख में अपना जीवन बिताया है, तब वह वहां क्यों नहीं रह सकती?' उसे यह भी याद आया कि पिताजी एक दिन जिस गांव को छोड़ आए थे, अपने सुख और ऐश्वर्य में भी उसके लिए किस प्रकार व्याकुल रहते थे! कलकत्ता की भारी भीड़ में भी उनका जीवन कैसा एकाकी, शून्य और निरानन्द था!

आश्चर्य की बात है कि जिस गांव-घर को विजया ने कभी देखा नहीं, वही उसे अपनी ओर खींचने लगा।

4

बहुत दिनों से उपेक्षित ज़मींदार के घर की मरम्मत होने लगी। ज़मींदार की एकमात्र कन्या गांव में रहने आ रही है, यह खबर चारों ओर फैल गई। मैनेजर रासबिहारी के प्रबल शासन में प्रजा के दुःखों की कमी नहीं थी। लोगों में यह अफवाह भी फैल चुकी थी कि मैनेजर रासबिहारी के पुत्र से ही ज़मींदार-कन्या की शादी होनेवाली है। उनकी यह भी कल्पना थी कि लड़की पूरी मेम है। इसलिए ज़मींदार के सिर पर रहने से प्रजा का कष्ट और बढ़ने की कल्पना से चारों ओर हाहा-कार छा गया और आलोचना होने लगी।

शरद् ऋतु की एक सुबह ज़मींदार की तरुणी कन्या एक खुली फिटन घोडागाड़ी में सैकड़ों नर-नारियों के कुतूहल को बढ़ाती हुई अपने पूर्वजों के गृह पधारी। एक ओर गांव में इस प्रकार की निन्दा होने लगी कि इतनी बड़ी लड़की अभी तक अविवाहित है, जूता-मोज़ा पहन-कर बाहर निकलती है, किसी प्रकार का खाद्याखाद्य विचार नहीं रखती, तो दूसरी ओर असामी लोग ज़मींदार की नज़र लेकर भी धीरे-धीरे उसके पास आने लगे। इसी तरह पांच-छः दिन बीत गए। उस दिन प्रातः-

काल विजया चाय-नाश्ता करके नीचे के कमरे में बैठी विलास बाबू के साथ ज़मीन-जायदाद के बारे में बात कर रही थी कि नौकर ने आकर सूचना दी—"एक भद्रजन मिलने आए हैं।" विजया ने कहा—"यहीं लिवा लाओ।"

क्षण-भर बाद ही एक भद्रपुरुष ने नौकर के पीछे कमरे में प्रवेश किया। अवस्था चौबीस-पच्चीस की होगी, दुबला, लम्बा, गौरवर्ण, मूंछ-दाढ़ी साफ, शरीर पर केवल एक मोटी गाढ़े की चादर ओढ़े, कमर के नीचे लटकता यज्ञोपवीत। वह नमस्कार करके कुर्सी खींचकर बैठ गया। उसके निःसंकोच आचरण से विजया और विलास दोनों को विस्मय हुआ। आगन्तुक ने कहा—"मेरे मामा पूर्णचन्द्र गांगुली आपके पड़ोसी हैं। मैं सुनकर सन्न हो गया हूं कि उनके पूर्वजों के समय से नवरात्र में जो दुर्गा-पूजा होती चली आई है, उसे आपने इस वर्ष बन्द कर दिया है। इसका क्या मतलब है?" इतना कहकर वह विजया के मुंह की ओर देखने लगा। सवाल और सवाल करने के ढंग पर विजया को आश्चर्य ही नहीं विरक्ति भी हुई, किन्तु कोई जवाब नहीं दिया।

उत्तर दिया विलास ने। उसने रुखे स्वर में कहा—"तो क्या आप इसीलिए मामा की ओर से झगड़ा करने आए हैं? किन्तु किससे बात कर रहे हैं, यह न भूल जाइए।"

आगन्तुक ने हंसकर, ज़रा जीभ काटते हुए कहा—"मैं उसे भूला नहीं हूं और झगड़ा करने भी नहीं आया। सुनकर इस बात पर विश्वास नहीं हुआ, इसलिए पूछकर ठीक स्थिति जानने के लिए आया हूं।"

विलास ने मुंह बिगाड़कर कहा—"विश्वास क्यों नहीं हुआ?"

"कैसे विश्वास होता, भला बताइए तो। आप व्यर्थ अपने पड़ोसी के धर्म-विंश्वास पर आघात करेंगी, यह विश्वास न करना ही तो स्वाभाविक है।"

विलास को धर्म-मत पर बहस करने की आदत बचपन से ही है। वह बोला—"यह आवश्यक नहीं कि आप जिसे निरर्थक कहें उसे सभी वैसा मान लें। प्रतिमा-पूजन हमारे विचार में कोई धर्म नहीं है, न उसे

बन्द करना कोई अन्याय है।"

आगन्तुक ने विस्मयपूर्वक विजया की ओर देखते हुए पूछा—"आप भी क्या यही कहती हैं?"

उसके विस्मय से विजया को चोट लगी, परन्तु उसने मन का भाव छिपाकर सहज स्वर में कहा—"आप इसके विरुद्ध मन्तव्य सुनने की आशा से आए थे?"

आगन्तुक ने कहा—"सचमुच मुझे आपसे ऐसी आशा न थी। मैं जानता हूं कि आप लोग ब्राह्म हैं, किन्तु यह तो मूर्तिपूजा का ढोंग नहीं है। गांव में यही एक पूजा होती है, लोग साल-भर से इन तीन दिनों की प्रतीक्षा किया करते हैं।...गांव आपका है; प्रजा आपकी संतति के समान है। सबको यह आशा थी कि आपके आने से गांव का आनन्द उत्सव सौ गुना बढ़ जाएगा, किन्तु उसकी जगह इतनी बड़ी आनन्दहीनता आप दुखिया प्रजा के माथे पर लाद देंगी, यह विश्वास करना क्या सहज है? यह तो विश्वास नहीं होता।"

विजया एकाएक कुछ उत्तर न दे सकी। प्रजा के साथ माता-पुत्र का सम्बन्ध सुनकर उसका हृदय स्नेहार्द्र हो गया। पर विलासबिहारी ने उद्विग्न होकर कहा—"आपके मामा एक क्या सौ मूर्तियां स्थापित कर घर में बैठ पूजा करें, उसे कौन मना करता है; परन्तु दिन-रात इनके कान के पास घण्टा-घड़ियाल बजाकर इन्हें परेशान करने में हमें आपत्ति है।"

आगन्तुक ने ज़रा हंसकर कहा—"दिन-रात तो बाजे बजते नहीं; केवल आरती के समय बजते हैं। यदि आपको इससे थोड़ी देर असुविधा भी हो तो उसे सहन करना आपका कर्तव्य है। आप मां की जाति की हैं, उनके आनन्द का उपद्रव आप न सहेंगी तो दूसरा कौन सहेगा?"

विजया उसी तरह निरुत्तर बैठी रही। विलास ने कहा—"निरर्थक बात करने के लिए हमारे पास समय नहीं है। पिताजी ने जो हुक्म दिया है वही होगा।" विलास की अभद्र बात और गरमाने से आगन्तुक की आंखें चमक उठीं। उसने विलास के मुख पर एक तीखी दृष्टि डालकर कहा—"आपके पिता कौन हैं और उन्हें मना करने का क्या अधिकार

है, यह मैं नहीं जानता। पर वे लोग यदि मुसलमान होते और ताज़िया रखकर बाजे बजाते, तब वे क्या करते? उसे तो सहना ही पड़ता। तब क्या यह अपने निरीह स्वजाति बन्धुओं पर अत्याचार नहीं है?"

विलास अकस्मात् कुर्सी से उठ खड़ा हुआ और आंखें लाल कर चिल्लाकर बोला—"पिताजी के बारे में जरा सावधान होकर बात करो, नहीं तो अभी बता दूंगा कि वे कौन हैं और उनका अधिकार क्या है।

आगन्तुक ने विलास के मुंह की ओर आश्चर्य से देखा, किन्तु भय का ज़रा भी चिह्न उसके मुंह पर नहीं था। वह दिखाई पड़ा विजया के मुंह पर। उसीके घर में उसके एक अपरिचित अतिथि के प्रति इस प्रकार के अशिष्ट आचरण के कारण क्रोध और लज्जा से उसका मुंह लाल हो उठा। उसने कहा—"इनके पिता मुझे संतान के समान मानते हैं। इसी-से मेरी असुविधा की बात सोचकर उन्होंने पूजा के लिए मना कर दिया होगा। आप अपने मामा से कह दीजिए कि वे हर साल की तरह पूजा का उत्सव मनाएं। मुझे कोई आपत्ति नहीं है।"

विजया और विलास दोनों को नमस्कार कर वह भद्रपुरुष धीरे-धीरे चला गया। विलास ने दूसरी ओर मुंह फिराकर उसका प्रणाम अस्वीकार कर दिया। परन्तु विजया या विलास कोई न जान सके कि यह अपरिचित युवक ही उनके सर्वप्रधान असामी जगदीश का पुत्र नरेन्द्र है।

5

नरेन्द्र के चले जाने पर विजया ने कहा—"आप क्या नाराज हो गए?"

विलास ने मुंह फिराकर कहा—"नाराज़ न होने पर भी पिता के

अपमान से पुत्र का खिन्न होना, मैं समझता हूं, अस्वाभाविक नहीं है।"

इससे विजया को आघात लगा, किन्तु उसने हंसकर कहा—"उनका अपमान हुआ, यह गलत धारणा आपके मन में कैसे आई? उन्होंने स्नेह के कारण समझा कि मुझे इससे कष्ट होगा। मैंने उन भद्रजन को इतना ही तो कहा कि मुझे कोई असुविधा न होगी। इसमें मान-अपमान की तो कोई बात ही नहीं है विलास बाबू।"

विलास—कोई बात ही नहीं है! अच्छा, आप ज़मींदारी की ज़िम्मेदारी स्वयं लेना चाहती हैं तो लीजिए। मैं पिताजी को सावधान कर दूंगा।

विजया इस अचिन्तनीय उत्तर से हतबुद्धि हो गई। क्षण-भर चुप रहकर व्यथा के साथ बोली—"मुझे कभी खयाल नहीं था कि आप इस ज़रा-सी बात को इतना बड़ा रूप देंगे। मैंने समझ की भूल से यदि अन्याय कर दिया हो तो अपना अपराध स्वीकार करती हूं, आगे ऐसा न होगा।" इतना कहकर उसने एक लम्बी सांस ली। उसने सोचा था कि इससे विवाद का अन्त हो जाएगा। पर विलास ने कहा—"तो फिर आप गांगुली के यहां कहला दीजिए कि रासबिहारी बाबू ने जो हुक्म दिया है उसे काटना मेरे बस की बात नहीं है।" अब विलास की हिंस्र प्रकृति उसपर प्रकट हो गई। कुछ देर उसके मुंह की ओर देखते रहकर उसने कहा—"यह क्या और ज़्यादा अन्याय न होगा? अच्छा, मैं स्वयं ही चिट्ठी लिखकर उनकी अनुमति मंगाए लेती हूं।"

विलास ने कहा—'इस समय उनका अनुमति देना न देना बराबर है। आप उन्हें गांव-भर में अनादर का पात्र बनाना चाहती हैं तो मैं उनसे कह दूंगा कि वे आपकी ज़मींदारी के शासन में अब हाथ न डालें।"

"अच्छी बात है। आपकी जो इच्छा हो करें, किन्तु मैं दूसरे के धर्म-कार्य में बाधा न डाल सकूंगी।"

कण्ठ के मृदु होने पर भी उसका भीतर का क्रोध छिपा न रहा। विलास ज़ोर से बोल उठा—"आपके पिता ऐसा कहने का साहस न

करते।" विजया लौटकर खड़ी हो गई। विलास के मुंह की ओर देखती रही, फिर बोली—"अपने पिता की बात मैं आपकी अपेक्षा अधिक अच्छी तरह जानती हूं; पर उसे लेकर बहस करने में कोई फायदा नहीं। मुझे नहाने को देर हो रही है, मैं जाती हूं।" उसकी बात सुनते ही विलास क्रोधोन्मत्त हो उठा। उसकी क्षुद्रता बाहर आ गई। उसने कटु स्वर में कहा—"औरतों की जाति ही नमकहराम होती है।" विजया जा रही थी; बिजली की तरह तड़पकर लौटी और क्षण-भर उसकी ओर देखकर बिना कुछ कहे कमरे से बाहर चली गई। विलास सूखकर रह गया। यह न समझना चाहिए कि वह पितृभक्ति के कारण बहस कर रहा था। ऐसे लोगों का स्वभाव ही होता है कि ज़रा भी छिद्र पाते ही दुर्बल को पीड़ित करते हैं और भीरु को भय दिखाकर और भी आनन्द का अनुभव करते हैं। किन्तु विजया जब उसकी ज़रा भी परवाह न करके चली गई, तब विलास की समस्त क्षुद्रता ने उसे ही बहुत छोटा कर दिया। मुंह पर स्याही फिर गई; वह चुपचाप वहां से चला गया।

तीसरे पहर रासबिहारी लड़के को साथ लेकर मिलने आए। बोले—"बात तो अच्छी नहीं हुई बेटी! मेरे हुक्म के विरुद्ध आदेश देकर तुमने मुझे बहुत अप्रतिभ किया है; पर इलाका तुम्हारा है, इसलिए उस बात को लेकर मैं विवाद नहीं करना चाहता। पर बार-बार ऐसा होने पर अपने सम्मान की रक्षा के लिए मुझे अलग होना ही पड़ेगा।"

विजया के चुप बैठे रहने के कारण रासबिहारी का क्रोध कुछ शांत हो गया। वे धीरे-धीरे ज़मींदारी की बातें करने लगे। बोले—'जगदीश का मकान जब तुमने समाज को दान कर दिया है, तब उसपर दखल करने में देर न करनी चाहिए।तुम्हारी क्या सम्मति है?" विजया ने कोमल स्वर में कहा—"सुनती हूं, उनके लड़के यहीं हैं। उन्हें बुलाकर ऋण चुकाने के लिए कुछ और समय देना क्या ठीक न होगा?" विलास गरजकर बोला—"वह चुका भी सके, तो हम जायदाद क्यों छोड़ेंगे? उस शराबी ने जब नहीं समझा कि मैं क्या शर्त कर रहा हूं···?" पर विजया ने उसकी बात पर ध्यान न देकर शांत किन्तु दृढ़

स्वर में कहा—"वे मेरे पिता के मित्र थे; उनके सम्बन्ध में सम्मान-पूर्वक बात करने के लिए पिताजी आदेश कर गए हैं।"

विलास ने फिर गरजकर कहा—"हज़ार आदेश करने पर भी···" रासबिहारी बीच में ही बोले—"तुम चुप रहो न विलास।" विलास ने कहा—"मैं इस प्रकार के वाहियात सेंटीमेंट को नहीं सह सकता—फिर चाहे कोई नाराज़ ही क्यों न हो। मुझे सच्ची बात कहने में भय नहीं होता, न सत्य काम करने में मैं पीछे रह सकता हूं।"

रासबिहारी दोनों को ही शांत करते हुए बोले—"यही तो, यही तो। मेरे वंश का ही यह स्वभाव है। इसीलिए तो बेटी! मुझे और तुम्हारे पिता को सत्यधर्म ग्रहण करते भय नहीं हुआ।"

विजया ने कहा—"पिताजी मृत्यु के पहले मुझे आज्ञा दे गए हैं कि ऋण के लिए मैं उनके बालबन्धु का घरबार न ले लूं।" इतना कहते-कहते उसकी आंखें भर आईं। उसने कहा—"जगदीश बाबू के पुत्र को बुलाकर सब बातें बतानी होंगी। मेरी यही इच्छा है।"

रासबिहारी के उत्तर देने के पहले ही निर्लज्ज की भांति विलास बोल उठा—"वह अगर और दस साल का समय चाहे तो? तब तो देहात में समाज की स्थापना की आशा को रसातल में भेज देना होगा।"

विजया ने इसका कुछ जवाब न देकर रासबिहारी से कहा—"क्या आप एक बार उन्हें बुलाकर इस विषय में उनकी इच्छा का पता न लगा सकेंगे?"

रासबिहारी बड़ा ही धूर्त था। मन ही मन लड़के की उद्धतता पर क्षुब्ध होते हुए ऊपर से उसीका समर्थन करते हुए बोला—"तुम लोगों के मतभेद के बीच तीसरे आदमी का बोलना उचित नहीं है, क्योंकि किसमें तुम लोगों की भलाई है, यह आज नहीं तो कल तुम्हीं लोगों को तय करना पड़ेगा। परन्तु ज़मींदारी के काम-काज में मुझे भी विलास से हार माननी पड़ती है बेटी! तुम्हीं सोचो, यदि जगदीश के लड़के में ऋण चुकाने की क्षमता होती, तो स्वयं ही आकर तुमसे एक बार कहता नहीं? वह तो जानता है कि तुम आई हो। अब यदि हम बुलाते हैं तो वह

निश्चय ही बहुत ज़्यादा समय मांगेगा, जिसका फल यह होगा कि रुपया भी जाएगा और गांव में समाज-मंदिर स्थापित करने का तुम्हारा संकल्प भी व्यर्थ हो जाएगा। अच्छी तरह सोच लो बेटी!" तब भी विजया कुछ नहीं बोली। तब उसकी इच्छा देख रासबिहारी ने कहा—"कार्रवाई के समय वह समय बढ़वाना चाहेगा तो न हो उसपर विचार कर लिया जाएगा। ठीक है न बेटी?"

विजया ने सिर हिलाकर स्वीकृति दी, किन्तु उसके ढंग से लगता था कि यह बात उसके मन ने स्वीकार नहीं की। आज रासबिहारी ने विजया को पहचाना। यह लड़की साधारण नहीं है। जानती है कि वह अपने बाप की जायदाद की स्वामिनी है। इसे वश में करने में समय लगेगा। रासबिहारी उठ खड़े हुए। विजया प्रणाम करके बैठक से चली गई।

6

स्वर्गीय जगदीश बाबू का घर सरस्वती नदी के उस पार दिघड़ा में है। शरद् ऋतु में नदी का जल कम होता जा रहा था और किनारे-किनारे लोगों के आने-जाने से पगडंडी भी बन गई थी। इसी पगडंडी पर होकर आज तीसरे पहर विजया वृद्ध दरबान कन्हैयासिंह को लेकर टहलने निकली थी। धीरे-धीरे वह उत्तर की ओर बढ़ती गई। एक जगह बांस बांधकर उस पार जाने के लिए पुल बनाया गया था। पुल को देखने के लिए विजया ज्योंही किनारे पर गई, एक आदमी ने, जो मछली पकड़ने के लिए बंसी लगाए बैठा था, उसे घूमकर देखा और प्रणाम किया। आंखें मिलते ही विजया का मुंह लाल हो उठा। यह वही युवक था जो उस दिन अपने मामा पूर्ण गांगुली की ओर से बातें करने आया था। विजया ने भी हाथ जोड़कर नमस्कार किया। युवक पास आकर

हंसते हुए बोला—"तीसरे पहर थोड़ा घूमने के लिए यह नदी-तट बुरी जगह नहीं है, किन्तु आजकल मलेरिया का भय भी कुछ कम नहीं है। जान पड़ता है किसीने आपको इसके लिए सावधान नहीं किया?"

विजया मीठी हंसी हंसकर बोली—"किन्तु मलेरिया तो आदमी पहचानकर नहीं पकड़ता। मुझे तो पता न था इसलिए चली आई, परन्तु आप जान-सुनकर यहां क्यों बैठे हैं? देखूं तो क्या मछलियां पकड़ी हैं आपने!" युवक ने हंसकर कहा—"पूंटी मछली; वह भी दो घण्टे में केवल दो। मजूरी भी नहीं निकली। क्या करूं? मैं भी यहां आपकी तरह विदेशी हूं। बचपन से बाहर रहा, इसलिए किसीसे विशेष परिचय नहीं। समय बिताने के लिए कोई साधन तो चाहिए ही।"

विजया ने सिर हिलाकर हंसते हुए कहा—"मेरी भी प्रायः ऐसी दशा है। आपका घर तो पूर्ण बाबू के घर के पास ही होगा?"

"नहीं, मेरा घर उस पार दिघड़ा में है, इसी पुल से आता-जाता हूं।

"तब तो आप जगदीश बाबू के पुत्र नरेन्द्र को जानते होंगे?" युवक के सिर हिलाकर हामी भरते ही विजया ने पूछा—"आप बता सकते हैं कि वे कैसे आदमी हैं?" पूछ तो लिया पर पूछते ही प्रश्न की अभद्रता का विचार कर लज्जित हो उठी। यह लज्जा युवक से छिपी न रही। उसने हंसकर कहा—"उनका घर तो आपने अपने ऋण के बदले ले ही लिया है, अब उनके बारे में खोज करने से क्या फायदा? किन्तु आपने जिस सदुद्देश्य से उसे लिया है उसकी बात भी लोगों को मालूम है।"

"तो यह बात भी गांव में फैल गई है?"

"फैलने की तो बात ही है। सबको मालूम है कि आपके पिता के पास स्वर्गीय जगदीश बाबू ने आठ साल की मुद्दत पर अपना घरबार रेहन रखा था। अब मुद्दत बीत गई है और उनके लड़के में रकम चुका-कर उसे छुड़ाने की ताकत नहीं है।"

"घर कैसा है?"

"बहुत बड़ा है। चलिए, थोड़ा ही आगे बढ़ने पर वह दिखाई देगा।"

चलते-चलते विजया ने पूछा—"सुना है, नरेन्द्र बाबू विलायत से डाक्टर होकर आए हैं। क्या वे किसी अच्छे स्थान में प्रैक्टिस करके, कुछ समय और लेकर, पिता का ऋण नहीं चुका सकते?" युवक ने कहा—"सुना है, डाक्टरी करने का उनका इरादा नहीं है।" विजया ने विस्मित होकर कहा—"तब इतना खर्च करके विलायत जाने और डाक्टरी पास करने की क्या आवश्यकता थी? जान पड़ता है, आदमी सर्वथा अपदार्थ है।"

युवक हंसकर बोला—"हो सकता है, पर सुना है, नरेन्द्र बाबू कोई ऐसा आविष्कार करना चाहते हैं कि उससे बहुत-से आदमियों का उपकार हो। इसीके लिए बहुत-से यंत्रों के साथ दिन-रात परिश्रम करते रहते हैं।" विजया ने कहा—"यह तो बहुत बड़ी चीज है, परन्तु घर हाथ से निकल जाने पर यह सब कैसे करेंगे? हां, विलायत जाने के कारण उनके समाज ने क्या उन्हें अलग कर दिया है?"

युवक ने कहा—"हां! मेरे मामा पूर्ण बाबू उनके भी सम्बन्धी हैं, पर उन्होंने दुर्गा-पूजा में उन्हें बुलाने का साहस नहीं किया। पर उन्हें कुछ चिन्ता नहीं; सदा अपने काम में मगन रहते हैं, फुर्सत के समय चित्र बनाया करते हैं। यही उनका घर है···" इतना कहकर वृक्षों एवं लताओं से सुशोभित एक बड़े मकान की ओर इशारा किया।

"तो फिर घर हाथ से निकल जाने पर उन्हें किसी कुटुम्बी के यहां आश्रय पाने का भरोसा नहीं है?"

"ज़रा भी नहीं।"

"जान पड़ता है, वे किसीके पास मिलने जाना भी नहीं चाहते। इसी मास के अन्त में उन्हें घर खाली कर देने का नोटिस दिया गया है, और कोई होता तो एक बार हमसे ज़रूर आकर मिलता।"

"वे सोचते होंगे कि लाभ क्या? आप उन्हें उसमें रहने तो देंगी नहीं।"

"कुछ और समय तो दिया ही जा सकता है। आपकी बातचीत से जान पड़ता है कि उनसे आपका विशेष परिचय है।"

युवक ने उत्तर नहीं दिया, केवल मुस्करा दिया। दोनों पुल के पास पहुंच गए थे। युवक ने कहा—"यही हमारे गांव का रास्ता है।" यह कहकर उसने हाथ जोड़कर नमस्कार किया और चला गया। विजया मन में सोचती हुई लौट पड़ी कि यह युवक कौन है, इससे अब फिर कब भेंट होगी।

7

रासबिहारी ने कहा—"हमने ही नोटिस दिया हमीं अब उसे रद करें, तो तुम्हीं बताओ बेटी! प्रजा को वह कैसा लगेगा?" विजया बोली—"एक चिट्ठी इसी आशय को क्यों नहीं भेज देते? मुझे मालूम पड़ता है कि वे अपमान के भय से ही यहां नहीं आते। उन्होंने समझ रखा होगा कि हम उनकी प्रार्थना स्वीकार नहीं करेंगे।"

"इसीलिए क्या हमें खुद प्रार्थना करके उसे घर में रखना होगा?"

विजया ने कातर होकर कहा—"उसमें भी कोई दोष नहीं है काकाजी! अयाचित दया करने में कोई लज्जा नहीं है।"

"लज्जा की बात न सही, परन्तु समाज की स्थापना का क्या होगा?"

"उसके लिए मैं कोई और व्यवस्था करूंगी।"

रासबिहारी ने मन में खीझकर परन्तु ऊपर से हंसकर कहा—"तुम्हारे पिता काफी रुपया छोड़ गए हैं, तुम और कोई व्यवस्था कर सकती हो, यह समझ गया; किन्तु मुझे ज़रा यह बात तो समझा दो बेटी कि जिसे आज तक आंख से देखा तक नहीं है, उसके लिए इतनी व्यथा क्यों है? भगवान की कृपा से तुम्हारी और भी तो प्रजा है, कर्ज़दार हैं; उन सबके

लिए भी क्या तुम इसी प्रकार व्यवस्था कर सकोगी?"

"आपको बता चुकी हूं कि यह पिताजी की अन्तिम इच्छा थी। फिर विलायत-यात्रा के कारण उन्हें कोई आश्रय नहीं देता। किसीके गृहहीन होने की कल्पना से भी मुझे कष्ट होता है।"

"पर कर्तव्य के सामने दया का दावा नहीं चल सकता। वनमाली भैया मुझपर जो ज़िम्मेदारी छोड़ गए हैं, उसे जीवन-भर मुझे निभाना ही पड़ेगा, उसमें चाहे जितना कष्ट हो। या तो मुझे सारी ज़िम्मेदारियों से छुट्टी दे दो, नहीं तो तुम्हारा असंगत अनुरोध मैं किसी प्रकार न मानूंगा।"

विजया को रासबिहारी का यह हठ अभागे के प्रति प्रबल निष्ठुरता के रूप में अनुभव हुआ, किन्तु अपनी इच्छा के ही अनुसार काम कराने का साहस वह न कर सकी। वह चुप बैठी रही और इस प्रकार मौन स्वीकृति दे दी, परन्तु अन्दर ही अन्दर उसका परदुःखकातर, स्नेह-कोमल नारी-हृदय इस वृद्ध के प्रति अश्रद्धा एवं उसके पुत्र के प्रति वितृष्णा से भर उठा।

रासबिहारी दुनियादार आदमी था। उसने विजया का भाव देख कर ऊपर से उदारता दिखाते हुए कहा—"बेटी! जायदाद तुम्हारी है। तुम किसीको देना चाहो, तो मैं बाधा क्यों डालने लगा? मैं तो इतना ही स्पष्ट करना चाहता था कि विलास ने किसी स्वार्थ या नाराज़ी के कारण ऐसा नहीं किया, कर्तव्य समझकर ही वैसा करना चाहा था। एक दिन मेरी और तुम्हारे पिता की सब सम्पत्ति एक हो जाएगी, तुम दोनों ही उसके स्वामी होगे। उस समय तुम दोनों में अमेल न हो, तुम अपने स्वामी के प्रत्येक कार्य को अभ्रान्त समझ श्रद्धा कर सको, विश्वास कर सको, इतना ही मैं चाहता हूं। नहीं तो दान करना, दया करना वह भी जानता है, मैं भी जानता हूं। दान अपात्र को किसी तरह नहीं किया जा सकता, इसीलिए बेटी, हम लोग जगदीश के लड़के के प्रति कोई दया करना नहीं चाहते।" विजया ने केवल सिर हिला दिया, मुंह से कुछ न बोली। रासबिहारी 'साढ़े चार हो रहे हैं' कहकर उठ खड़े हुए और

बोले—"समाज-मन्दिर की स्थापना की उत्कण्ठा जितनी विलास को है, उतनी किसीको नहीं। मेरी ईश्वर से यही प्रार्थना है कि मैं वह शुभ दिन अपनी आंखों से देख जा सकूं।" कहकर वे चले गए।

विजया देर तक वैसे ही गुमसुम बैठी रही। सहसा बाहर दृष्टि गई तो उसने देखा, दिन ढल चला है। तब नदी-किनारे की वही अस्वास्थ्य-कर वायु उसे अपनी ओर खींचने लगी। वह उठी और उसी बूढ़े दरबान को लेकर टहलने निकल पड़ी।

आज भी वह युवक उसी स्थान पर मछली पकड़ने बैठा था। विजया ने उसे देख तो लिया था, पर जैसे न देखा हो, इस तरह उसके आगे बढ़ी जा रही थी। किन्तु कन्हैयासिंह ने आवाज़ दी—"सलाम बाबूजी! शिकार मिला?" दरबान की बात सुनते ही विजया का मुंह लाल हो उठा। जो लोग सोचते हैं कि सच्ची मैत्री के लिए परस्पर बहुत ज़्यादा बातचीत होनी चाहिए, उन्हें यहां स्मरण करा देना चाहता हूं कि यह जरूरी नहीं है। विजया के घूमकर खड़ी होते ही वह आदमी मछली फंसाने की लग्गी रखकर पास आ गया और हंसकर बोला—"देखता हूं कि देहात के प्रति आपका सच्चा आकर्षण है, यहां तक कि मलेरिया तक का अनुभव किए बिना आपका काम नहीं चलता दीखता।"

विजया ने हंसकर पूछा—"और जान पड़ता है, आप वह अनुभव ले चुके हैं। देखने से तो ऐसा नहीं लगता।" वह युवक हंसकर बोला "डाक्टरों की बात और है···" विजया ने बात काटकर पूछा—"आप डाक्टर हैं?" युवक घबरा गया, पर बात संभालकर बोला—"अरे, इतने बड़े डाक्टर के पड़ोसी तो हैं!"

"केवल पड़ोसी ही नहीं, उनके बंधु भी। आपने क्या मेरी बात उनसे कही थी?"

"यही न कि आप उन्हें अभागा समझती हैं। पर इसे कहने की क्या ज़रूरत? ऐसा तो सभी कहते हैं। पर शायद किसी दिन वे आपसे मिलने आएंगे।"

"मैंने तो उनके लिए ऐसा कुछ नहीं कहा।"

"कहा नहीं, पर कहना ही उचित था। जिसका घर-बार तक बिक जाए, उसे सभी अभागा कहेंगे। यदि मुझे मालूम न होता कि आप एक अच्छे काम के लिए उसे ले रही हैं, तो मैं ही उनकी ओर से आपसे प्रार्थना करता।"

बातचीत में सब लोग काफी दूर चले आए थे। लोगों ने देखा कि उस पार बहुत-से लोग, लड़के, जवान और अधेड़, पंक्तिबद्ध नरेन्द्र बाबू के घर की ओर जा रहे हैं। युवक ने उस ओर दिखाकर कहा—"ये सब लोग नरेन्द्र बाबू के स्कूल में पढ़ने जा रहे हैं। नरेन्द्र इन्हें बताते हैं कि जमीन किस तरह जोतनी-बोनी चाहिए, सच्ची खेती कैसी होती है। विलायत में रहते समय उन्होंने डाक्टरी के साथ कृषि-विद्या भी सीखी थी। एक दिन उनका स्कूल देखिए, मैदान में वृक्ष के नीचे लोग पढने बैठते हैं।"

"इतना बड़ा मकान रहते वृक्ष के नीचे क्यों?"

"ऐसी शिक्षा केवल ज़बानी नहीं दी जाती, हाथ से करके बताना पड़ता है। आप एक बार उनके स्कूल से लगे खेतों की फसल देख लें तो आपके नयन जुड़ा जाएंगे। वही तो दिखाई देता है, चलिए आज ही देख न लीजिए।"

विजया गंभीर होती जा रही थी, बोली—"नहीं, आज रहने दीजिए।"

"अच्छा, रहने दीजिए। चलिए, आपको कुछ दूर पहुंचा आऊं।" दोनों कुछ देर चुपचाप चलते रहे। फिर युवक ने कहा—"यह जमीन तो अच्छे ही काम में आ रही है। इसलिए इसे तो आप अनायास छोड़ दे सकती हैं।"

"यह अनुरोध करने का अधिकार क्या उन्होंने आपको दिया है?"

"अधिकार तो दिया नहीं लिया जाता है। अच्छे काम का अधिकार तो भगवान जन्म से ही दे देते हैं। दरिद्र भगवान के ही रूप हैं। उनकी सेवा का अधिकार सभीको है। इसे नरेन्द्र से मांगने की क्या ज़रूरत?"

"परन्तु आपके मित्र तो इसी काम के लिए यहां रह नहीं सकेंगे।"

"नहीं, पर शायद मुझे यह सब काम सौंप जाएंगे।"

विजया ने मुस्कराकर कहा—"मैं भी यही अनुमान कर रही थी।"

"ऐसा अनुमान करना ठीक ही है। पहले ये सब कार्य ज़मींदार लोग किया करते थे। उहें 'ब्रह्मोत्तर' देना पड़ता था। अब वह सब नहीं है; परन्तु उसकी कल्पना नहीं मिटी है, इसलिए दो-चार बीघे ज़मीन ऐसे काम के लिए ठगने की चेष्टा करते ही ज़मींदार लोग तुरन्त समझ जाते हैं।" कहकर वह हंस पड़ा। विजया हंसना चाहते हुए भी हंस न पाई। यह सरल परिहास उसके कलेजे में चुभ गया। कुछ देर बाद वह बोली—"आप स्वयं भी तो अपने मित्र को आश्रय दे सकते हैं?"

"परन्तु मैं तो यहां रहता नहीं। शायद एक सप्ताह बाद ही मुझे यहां से चले जाना पड़ेगा। और अब शायद मेरा यहां आना भी न होगा।"

विजया के हृदय में हलचल मच गई। बोली—"यहां आपका काम-काज देखनेवाला तो कोई होगा?"

"नहीं।"

"आपके माता-पिता···"

"माता-पिता, भाई-बहन कोई नहीं है। लीजिए, आप अपने घर आ गईं। अच्छा, नमस्कार।"

"अन्दर न चलिएगा?"

"नहीं, लौटने में रात हो जाएगी।"

"आप अपने मित्र को एक बार रासबिहारी बाबू से मिलने के लिए नहीं कह सकते? वही हमारी ज़मींदारी का सब काम देखते हैं।"

"यह तो जानता हूं, पर उनके पास क्यों?"

विजया इसका कुछ उत्तर न दे सकी। कुछ देर तक प्रतीक्षा करने के बाद युवक 'रात हो जाएगी, मैं जाता हूं' कहकर चला गया।

8

सदर फाटक से न जाकर मकान से लगे हुए बाग के बड़े-बड़े वृक्षों से भरे अंधेरे रास्ते से विजया घर की ओर लौटी। इस समय वह यही सोच रही थी कि किसी स्त्री के लिए ऐसा पूछना उचित न होने के कारण ही वह उस युवक का नाम न पूछ सकी, न यही जान सकी कि वे कहां चले जाएंगे। वह इतना तो समझ ही गई थी कि ग्रामवासी होने पर भी वह काफी सुशिक्षित है और उसे भद्र महिलाओं से निस्संकोच बातचीत करने का अभ्यास भी है।

घर में प्रवेश करते ही परेश की मां ने सूचना दी कि बैठक में विलास बाबू देर से उसका इन्तज़ार कर रहे हैं। विजया के मन में अनायास उस युवक और इस आदमी विलास के बीच का भेद स्पष्ट हो उठा। उसने पूछा—"क्या उनसे पूछा था कि वे चाय लेंगे?" परेश की मां ने कहा—"पूछा क्यों नहीं गया! उन्होंने कहा—तुम्हारे लौटने पर साथ ही पिएंगे।" यह बात सभीको मालूम थी कि आगे चलकर विलास बाबू ही इस घर के स्वामी होंगे, इसलिए उनके आदर-सत्कार में कमी न होने पाती थी। कुछ देर बाद तैयार होकर विजया बैठक में गई। विलास ने कहा—"तुमने सोचा होगा कि मैं नाराज़ होने के कारण ही इतने दिन नहीं आया। पर बात ऐसी न थी।" आज पहली ही बार विजया को उसने 'तुम' कहकर सम्बोधित किया था, किन्तु विजया का मुंह देखकर ही स्पष्ट हो गया कि इस परिवर्तन के कारण वह आनन्द से उच्छवसित नहीं हुई।

विलास ने कहा—"मैं सब कुछ ठीक कर आया हूं। कलकत्ता से सीधे यहीं आया, अभी पिताजी से भी नहीं मिल सका हूं। हमारे ब्राह्ममंदिर की प्रतिष्ठा इन्हीं बड़े दिन की छुट्टियों में होगी। सब व्यवस्था हो गई है। लोगों को निमंत्रण भी दे आया हूं। कौन-कौन आएंगे, यह इस कागज़ में नोट कर लाया हूं, एक बार देख लो।" यह कहकर उसने कागज़ विजया के सामने रख दिया। पर विजया तब भी कुछ न बोली,

न उसने कागज़ देखने की ही उत्सुकता प्रकट की। उसी तरह बैठी रही। तब विलास ने पूछा—"क्या बात है जो इस तरह चुप हो?"

विजया ने धीरे-धीरे कहा—"मैं यही सोच रही हूं कि आप जिन्हें निमंत्रण दे आए हैं उन्हें अब क्या कहा जाए?"

"इसके माने?"

"मंदिर की प्रतिष्ठा के बारे में मैं अभी तक कुछ भी स्थिर नहीं कर सकी।"

विलास एकदम सीधा होकर कुर्सी पर बैठ गया। उसकी आंखें जल उठीं। विजया ने बहुत देर तक चुप रहने के बाद धीरे-धीरे कोमल स्वर में कहा—"यहां ब्राह्ममंदिर की स्थापना की कोई सार्थकता नहीं है। स्थापना नहीं होगी।" विलास पहले तो इस प्रकार स्तब्ध हो गया कि कुछ देर तक उसके मुंह से शब्द ही नहीं निकले, फिर बोला—"मैं जानना चाहता हूं कि तुम यथार्थ ब्राह्म-महिला हो या नहीं?" विजया इस तीव्र आघात से चौंक पड़ी, परन्तु अपने को संभालकर बोली—"आप जब घर से शान्त होकर आएंगे तब फिर बातचीत होगी।" कहकर वह अंदर जा रही थी कि चाय की सामग्री आते देख रुक गई। परन्तु विलास ने ब्राह्मसमाज में प्रवेश करके भी संयत या भद्र व्यवहार करना नहीं सीखा था; वह नौकर के सामने ही उद्धत स्वर में बोला—"जानती हो, हम लोग तुम्हारे साथ सम्बन्ध एकदम से छोड़ सकते हैं?" विजया चुपचाप चाय बनाने लगी। नौकर के चले जाने पर उसने धीरे से कहा "इसकी बात मैं काकाजी के साथ करूंगी, आपके साथ नहीं।" फिर चाय का प्याला विलास के सामने रख दिया। परन्तु उसने उसे छुआ भी नहीं, बोला—"जानती हो, हम लोगों के सम्बन्ध छोड़ देने पर क्या होगा?"

विजया ने कहा—"नहीं, पर वह जो हो; जब मेरी इच्छा के बिना ही आपने लोगों को निमंत्रण देकर अपमानित करने का दायित्व लिया है, तब मुझसे उसका कोई अंश ग्रहण करने के लिए न कहें।"

विलास ने चिल्लाकर कहा—"मैं काम करना पसन्द करता हूं,

खिलवाड़ पसन्द नहीं करता, इसे न भूलना विजया।"

"न भूलूंगी।"

कुछ देर में कुछ शांत होकर विलास ने पूछा—"तब इतना बड़ा मकान किस काम आएगा? क्या खाली पड़ा रहेगा?"

"अभी तक तय कहां हुआ कि वह ले ही लिया जाएगा।"

यह उत्तर सुनकर विलास अपने को बिलकुल ही भूल गया। जमीन पर पांव पटककर बोला—"तय हो गया है, सौ बार तय हो गया है। वह मकान में लेकर ही छोड़ूंगा, इसे बताए जा रहा हूं।" इतना कहकर वह तेज़ी के साथ चला गया।

9

विजया के मन में बराबर यह आशा बनी रही कि बाहर जाने के पूर्व वह अपरिचित युवक अपने मित्र डाक्टर के साथ एक बार जरूर आएगा। उसने युवक से कहा भी था कि नरेन्द्र उसके पिता के बालबंधु के पुत्र हैं; यह भी पूछा था कि क्या अधिक समय मिलने पर वे ऋण चुका सकते हैं। तब जिसका सर्वस्व जा रहा है उसे कुछ भी चेष्टा न करनी चाहिए? क्या वे दुनिया से निराले हैं?

नदी-तट के रास्ते में फिर उस युवक से भेंट नहीं हुई ; किन्तु विजया रोज़ सोचती—आज वह ज़रूर आएगा। इधर जब भी रासबिहारी से भेंट हुई, उन्होंने बातचीत में यह प्रकट ही नहीं होने दिया कि उन्हें उस दिन की तकरार की कोई खबर है। विजया स्वयं संकोचवश उस सम्बन्ध में कुछ कह न सकी। धीरे-धीरे दिन बीतने लगे। पूरा अगहन बीत गया। पूस के पहले ही दिन पिता पुत्र आए। रासबिहारी ने कहा—"बेटी! अब तो ज़्यादा दिन नहीं हैं, सब तैयारी हो जानी चाहिए।"

विजया ने विस्मित होकर कहा—"वे जब स्वेच्छा से घर छोड़

देंगे तभी कुछ होगा।"

रासबिहारी ने कहा—"उसने तो कल घर छोड़ दिया।"

समाचार से विजया के कलेजे में चोट लगी। पर कुछ देर बाद संभलकर उसने पूछा—"उनका सामान वगैरह क्या हुआ? सब ले गए?"

विलास ने उपहास के स्वर में कहा—"सामान में बस एक तीन टांग की खाट थी, उसीपर शायद वह सोता था। उसे मैंने निकालकर पेड़ के नीचे फेंक दिया है; जब चाहे ले जाए, हमें कोई आपत्ति नहीं।"

सुनकर विजया के मुख पर वेदना उभर आई। रासबिहारी ने लड़के को झिड़ककर कहा—"तुममें यही दोष है। मनुष्य जैसा भी हो, उसके दुःख में उसके प्रति सहानुभूति दिखाना ही उचित है। मैं जानता हूं, तुम भी उसके लिए हृदय में दुखित हो, परन्तु तुम्हें उस दुःख को प्रकट भी करना चाहिए। तुमसे उसकी भेंट हुई थी?" परन्तु विलास-बिहारी ने पिता के संकेत को नहीं समझा, बल्कि उसे व्यर्थ करते हुए कहा—"मेरे जाने के पूर्व ही डाक्टर साहब जा चुके थे। न जाने कहां का निकम्मा आदमी है।"

रासबिहारी ने विजया के मन के भाव को ताड़कर क्रुद्ध स्वर में कहा—"अपने व्यवहार के लिए तुम्हें लज्जित होना चाहिए, अनुताप करना चाहिए।" किन्तु विलास ने ज़रा भी लज्जा या अनुताप प्रकट किए बिना कहा—"पराये दुःख से दुखित होने की शिक्षा मुझे भी मिली है, परन्तु जो घर आकर अपमान कर जाए, उसे क्षमा कर सकने का ढोंग मैं नहीं कर सकता।"

रासबिहारी ने पूछा—"कौन अपमान कर गया? किसकी बात कह रहे हो?"

"जगदीश बाबू के सुपुत्र नरेन्द्र की। इसी बैठक में वह एक दिन मेरा अपमान कर गया था। तब मैं उसे पहचानता न था। मेरा क्या, इनका भी अपमान करने में उसने कमी नहीं की।" विजया ने चौंककर विलास की ओर देखा। विलास ने कहा—"उस दिन अपने

को पूर्ण बाबू का भांजा बताकर जो मेरा अपमान कर गया था, वही तो नरेन्द्र है। उस समय वह अपना यथार्थ परिचय देता तो मैं समझता कि वह पुरुष है। पाखण्डी कहीं का।"

दोनों ने विस्मयपूर्वक देखा कि इस बात को सुनते ही विजया का मुंह वेदना से पीला पड़ गया है।

10

बड़े दिन की छुट्टी में अब विलम्ब नहीं है, इसलिए जगदीश बाबू के मकान का विशाल हाल मन्दिर के लिए तथा अन्य कमरे कलकत्ता से आनेवाले अतिथियों के लिए सजाए जा रहे हैं। जो विलास के मित्र हैं वे रासबिहारी के मकान में तथा शेष मेहमान विजया के यहां ठहरेंगे; महिलाएं भी यहीं रहेंगी। स्वयं विलास सब प्रबन्ध की देख-रेख कर रहा है।

उस दिन सवेरे स्नान करने के बाद नीचे बैठक में जाते हुए विजया ने देखा कि परेश एक हाथ से मां के आंचल से लैया निकालकर खा रहा है, दूसरे हाथ से गरई का गला सहला रहा है। देखते-देखते विजया की आंखें भर आईं। इस घर में यह लड़का विजया से बहुत हिला-मिला था। उसने पास बुलाकर कहा—"क्यों रे परेश! तेरी मां ने तुझे यही धोती खरीदी है? राम, राम! यह भी कोई किनारा है!" परेश ने कनखियों से अपनी धोती के किनारे की विजया की साड़ी के किनारे से तुलना करके देखा, बात ठीक है। विजया ने कहा—"मैं तुझे ऐसी ही धोती ले दूंगी, यदि तू मेरा एक काम कर दे; पर तेरी मां या और किसीको नहीं मालूम होना चाहिए।"

"कहो, क्या काम है?"

"तू दिघड़ा गांव जानता है?"

"हां, वही तो है। मैं तितलियां पकड़ने रोज़ वहां जाता हूं।"

"जानता है, वहां सबसे बड़ा मकान किसका है?"

"हां, ब्राह्मणों का। वही जो पिछले साल छत से गिर पड़े थे। वहीं तो गोविंद हलवाई की लैया-बताशे की दुकान भी है।"

"दो पैसे के बताशे ले आएगा?"

"हां, पहले एक हाथ में पैसे के साढ़े पांच गंडे ले लूंगा, फिर दूसरे हाथ में साढ़े पांच गंडे गिनवाने के बाद तब उसे पैसे दूंगा। फिर दो बताशे घलुए के लूंगा। क्यों?"

"हां, पर साथ ही उससे पूछ लेना कि उस घर में जो बाबू रहते थे, वे अब कहां रहते हैं? करेगा यह काम?"

"हां, हां। तुम पैसे तो दो, मैं भूलूंगा नहीं।"

"और तेरी मां पूछे कि कहां गया था तो क्या कहेगा?"

"उससे थोड़े ही कहूंगा कि बताशे लेने गया था। कह दूंगा, उस गांव के नरेन बाबू की खबर लेने गया था। लाओ, जल्दी पैसे तो दो।"

विजया को हंसी आ गई। बोली—"तू कैसा मूर्ख है रे! मां से कोई झूठ बोलता है! उससे यही कहना कि बताशे लेने गया था। पर दुकानदार से बाबू का पता लेना न भूलना।"।

'अच्छा' कहकर पैसे लेकर वह दौड़ गया। जिस बात को वह किसीके द्वारा पुछवा सकती थी, उसे जानने में उसे इतना संकोच क्यों हो रहा है, इसपर विचार करती तो विजया इस चोरी-छिपे पता लगाने की लाज से मर जाती। इधर-उधर की कई चिट्ठियां लिखनी थीं, इसलिए विजया टेबल के पास बैठ गई; किन्तु चित्त की कुछ ऐसी अवस्था थी कि कई चिट्ठियां लिख-लिखकर फाड़ दीं। फिर छत पर जाकर परेश के लौटने की राह देखने लगी। बहुत देर तक खड़े रहने के बाद उसने परेश को दौड़कर आते हुए देखा। वह नीचे उतर आई। परेश ने चोर की तरह छिपाकर बताशे उसके पास रख दिए और बोला—"दो पैसे के बारह गंडे लाया हूं मांजी! दुकानदार ने कहा है कि पैसे के छः गंडे की बात किसीसे न कहना।"

"और वे नरेन बाबू···"

"वे तो वहां नहीं हैं, कहीं चले गए। गोविन्द कहता है मांजी, बारह गंडे···।"

"ले जा मेरे सामने से अपने बारह गंडे बताशे!···" यह कहकर विजया खिड़की से बाहर की ओर देखने लगी। उसकी झिड़की से बालक का मुंह उतर गया। वह तेज़ी से दौड़ता गया। ग्यारह की जगह बारह गंडे बताशे ले आया, फिर भी मांजी प्रसन्न नहीं हुई; यह सोच उसने उदास होकर कहा—"इससे ज़्यादा तो वह देता नहीं मांजी!" विजया ने लड़के की मनोदशा अनुभव कर रहा—"जा, तू बताशे खा ले।"

"सब?"

"हां, मुझे नहीं चाहिए।"

परेश ने समझा, मांजी गुस्से से कह रही हैं। इसलिए बोला—'भट्टाचार्यजी से पूछ आऊं मांजी?"

'कौन भट्टाचार्यजी? क्या पूछ···"

बात पूरी होने के पहले ही विजया ने देखा कि नरेन्द्र चले आ रहे हैं। निकट आकर उन्होंने प्रणाम किया। उधर परेश ने पूछा—"यही कि नरेन बाबू कहां गए हैं?"

विजया ने परेशान होकर बात दबाने के लिए कहा—"जा, अब पूछने की ज़रूरत नहीं है।" उसके चले जाने पर नरेन्द्र ने पूछा—"आप नरेन्द्र बाबू का पता ही तो जानना चाहती थीं!" विजया से अस्वीकार करते नहीं बना—"हां, उसे और किसी दिन जान लूंगी।"

"कोई ज़रूरत है? क्यों उनका पता जानना चाहती थीं? नरेन्द्र के साथ तो आपका सब सम्बन्ध समाप्त हो गया है, फिर आप क्यों उनका पता लगा रही हैं? क्या सब ऋण चुकता नहीं हुआ? अब भी कुछ बाकी है? अगर हो तो अब उनके पास कोई सम्पत्ति शेष नहीं कि बाकी ऋण चुका सकें।"

"किसने आपसे कहा कि मैं ऋण वसूल करने के लिए ही उनकी

खोज कर रही हूं?"

"इसके सिवा और क्या बात हो सकती है? न वे आपको पहचानते हैं, न आप उन्हें पहचानती हैं।"

"वे भी मुझे पहचानते हैं और मैं भी उन्हें पहचानती हूं।"

नरेन्द्र हंसा ; बोला—"यह सच है कि वे आपको पहचानते हैं, किन्तु आप उन्हें नहीं पहचानतीं। मान लीजिए, मैं कहूं कि मेरा ही नाम नरेन्द्र है, तो आप···"

विजया ने सिर हिलाकर कहा—"ऐसा होने पर मैं विश्वास करूंगी और कहूंगी कि यह सच्ची बात बहुत दिन पहले ही आपके मुंह से निकल जानी उचित थी।"

फूंक मारकर ज्योति बुझा देने पर घर का चेहरा जैसे बदल जाता है, विजया का जवाब सुनकर निमिष-मात्र में नरेन्द्र का मुंह उसी प्रकार मलिन हो गया। विजया इसे देखकर भी कहती गई—"दूसरे के परिचय द्वारा अपनी आलोचना सुनना या छिपकर दूसरों की बातें सुनना दोनों क्या आपके विचार में एक नहीं हैं? मेरे लिए तो हैं। फिर भले ही कहिए कि हम लोग तो ब्राह्म हैं।" इस बार लज्जा से नरेन्द्र का मुंह एकदम काला पड़ गया। कुछ चुप रहकर उसने कहा—"मेरा कोई बुरा अभिप्राय नहीं था। मैंने सोचा था, आखिरी दिन अपना परिचय दे दूंगा, किन्तु नहीं दे सका। इससे आपकी कोई क्षति हुई क्या?"

"क्षति हुई भी तो हो चुकी। उसे जाने दीजिए। आपसे अब कुछ पूछूं तो क्या···?"

"क्रोध करूंगा? नहीं।" इतना कहते-कहते प्रशांत, निर्मल हास्य से उसका समस्त मुख उज्ज्वल हो उठा। इतने दिन में इतनी बातचीत से भी इस आदमी का जो परिचय विजया ने नहीं पाया था, इस हंसी से एक क्षण में पा गई। उसे जान पड़ा कि इस आदमी का सम्पूर्ण अंतर-बाहर एकदम स्फटिक की भांति स्वच्छ है। जिसने उसका सर्वस्व ले लिया है, उसके प्रति भी इस आदमी के मन में कोई शिकायत नहीं है। विजया नरेन्द्र के मुंह की ओर आंखें न उठा सकी। सिर झुकाए हुए ही

उसने पूछा—"आप इस समय ठहरे कहां हैं?"

"मेरे दूर के रिश्ते की एक बुआ अब भी जीवित हैं, उन्हींके घर हूं।"

"क्या वे लोग आपके विलायत जाने के कारण रहने में एतराज़ नहीं करते?"

"जिस स्थान पर मैं रहता हूं वह घर के अन्दर नहीं है। फिर भी ज़्यादा दिन तक वहां नहीं रहा जा सकता। अच्छा, सच बताइए, मेरा पता क्यों लगा रही थीं? पिताजी के नाम कुछ और ऋण निकाला है क्या? पर मैं सच कहता हूं कि नाम से या बेनाम कोई सम्पत्ति अब मेरे पास नहीं है। केवल एक माइक्रोस्कोप मेरे पास है, उसे ही बेचकर बर्मा-यात्रा का खर्च जुटाना है। बुआ की हालत भी खराब है, खाने-पीने···" कहते-कहते वह रुक गया। विजया की आंखें भर आईं। उसने सिर फिरा लिया। नरेन्द्र ने कहा—"हां, मैं प्रोनोट लिख सकता हूं और भविष्य में ऋण चुकाने की पूरी चेष्टा करूंगा।" इसी समय परेश ने आकर कहा—"मांजी! बहुत देर हो गई है, मां कहती हैं, महाराज से खाना परोसने को कहा जाए?" सामने की घड़ी की ओर देखकर नरेन्द्र उठ खड़ा हुआ और बोला—"ओ: ! बारह बजनेवाले हैं। आज आपको बड़ा कष्ट हुआ, क्षमा कीजिएगा।"

विजया ने आंसू रोककर पूछा—"आप किसलिए आए थे, वह तो कहा ही नहीं?"

"उसे रहने दीजिए।" कहकर वह जाने को तैयार हो गया।

"आपकी बुआ का घर यहां से कितनी दूर है?"

"दो कोस होगा।"

विजया अवाक्-सी होकर बोली—"इस कड़ी धूप में आप दो कोस पैदल जाएंगे? वहां पहुंचते-पहुंचते तीन बज जाएंगे।"

"बजने दीजिए, बजने दीजिए, नमस्कार।" कहकर नरेन्द्र ने पांव बढ़ाए ही थे कि विजया तेज़ी से दरवाजे के सामने आकर खड़ी हो गई और बोली—"मेरा एक अनुरोध आज आपको मानना ही होगा। बहुत

देर हो गई है, अब आप भोजन किए बिना यहां से नहीं जा सकते। यहां भोजन करने में आपको जाति जाने का भय तो नहीं है?"

सरल हंसी से उसका मुख फिर उज्ज्वल हो गया। उसने कहा—"नहीं, वह डर अब दुनिया में कहीं नहीं है। भगवान आज मुझपर बड़े प्रसन्न जान पड़ते हैं, नहीं तो मैं जानता हूं कि इस समय वहां लौटने पर मुझे क्या खाने को मिलता।"

11

खाना खत्म हो चला था कि नरेन्द्र ने कहा—"इतनी देर तक स्वयं भूखी रहकर मुझे सामने बिठाकर खिलाने की क्या ज़रूरत थी? और किसी देश में तो यह रिवाज है नहीं!"

विजया ने हंसकर कहा—"पिताजी कहते थे कि उस देश का दुर्भाग्य है जहां स्त्रियां ऐसा नहीं कर पातीं और उन्हें पुरुषों के साथ बैठकर भोजन करना पड़ता है। मैं भी वही कहती हूं।"

"ऐसा क्यों कहती हैं? और देशों की बात जाने दीजिए। इस देश में भी मैंने अनेक घरों में स्त्रियों को पुरुषों के साथ ही बैठकर खाते देखा है।"

"जिन्होंने विलायती रहन-सहन सीख लिया है, शायद उनके घरों में होता होगा, किन्तु सबके यहां ऐसा नहीं होता। हम लोग न मेम हैं, न उनकी चाल चलती हैं।"

"न चलें पर वे उचित तो हैं। जहां जो अच्छा है उसे लेना चाहिए।"

"क्या अच्छा है? एकसाथ बैठकर खाना?" फिर जरा हंसकर बोली—"आप क्या जानेंगे कि आप लोगों को अपने सामने बिठाकर खिलाने में स्त्रियों को कितनी शक्ति मिलती है! मैं तो अपने और

अधिकार छोड़ने को तैयार हूं पर इसे नहीं। यह क्या, सारा दूध तो वैसा ही पड़ा है। नहीं, नहीं, सिर हिलाने से काम नहीं चलेगा। मैं कहे देती हूं कि आपका पेट अभी नहीं भरा।"

नरेन्द्र ने हंसकर कहा—"मेरा पेट भरा या नहीं, यह भी आप बताएंगी? यह तो बड़ी अद्भुत बात है।" इतना कहकर वह उठ खड़ा हुआ। विजया भी हंस पड़ी, परन्तु उसका मुंह देखने से मालूम होता था कि दूध न पीने के कारण उसे क्षोभ हुआ है।

दिन ढलने पर विदा लेते समय नरेन्द्र ने कहा—"एक बात से आज मुझे बड़ा आश्चर्य हुआ है। आपने मुझे धूप में जाने नहीं दिया, बिना खिलाए नहीं छोड़ा, ज़रा कम खाते देख दुखी हुई, यह सब कैसे संभव है?" विजया ने बात टालने के लिए कहा—"सब घरों में ऐसा ही होता है। जाने दीजिए, आप कब बर्मा जा रहे हैं?"

"परसों। किन्तु मैं तो आपके लिए बिलकुल ही पराया हूं; मेरे दुःख-कष्ट से आपका कुछ बनता-बिगड़ता नहीं। तब भी हमारा आचरण देखकर कोई यह नहीं कह सकता कि मैं आपका अपना आदमी नहीं हूं। कहीं पीठ पीछे मैं कम न खा लूं, इस चिन्ता से आप बिना खाए सामने बैठी रहीं। मेरी कोई बहिन नहीं, मां तो बचपन में ही मर गई थीं; फिर वे जीवित होती तो भी मेरे लिए इतनी व्याकुल होतीं या नहीं, मैं ठीक नहीं कह सकता; किन्तु आपने मेरे प्रति जो चिन्ता व्यक्त की, उससे मुझे बड़ा आश्चर्य हुआ है। यह किसी प्रकार सत्य नहीं हो सकता, इसे भी मैं जानता हूं, आप भी जानती हैं। इसे सत्य कहना आपके प्रति व्यंग्य होगा और मिथ्या कहने को जी नहीं करता।"

विजया खिड़की के बाहर देखती हुई बोली—"भद्रता भी तो कोई चीज़ है, क्या उसे आपने और कहीं नहीं देखा?"

"भद्रता? शायद वही हो।" कहकर नरेन्द्र ने गहरी सांस ली। फिर बोला—"आपके मंदिर की निरन्तर श्रीवृद्धि हो। आज का दिन मुझे सदा याद रहेगा। अब जाता हूं।"

वह थोड़ी दूर बढ़ा ही था कि अन्दर से अस्पष्ट आह्वान सुनाई पड़ा—"जरा रुकिए।" नरेन्द्र के पास आते ही विजया ने कोमल स्वर में पूछा—"आपके माइक्रोस्कोप का मूल्य क्या है?" नरेन्द्र ने कहा—"मेरे तो पांच सौ से भी ज़्यादा लगे थे, किन्तु इस समय मैं उसे दो ढाई सौ मिलने पर भी बेच दूंगा। बिलकुल नया है। कोई ले सकता है?

यंत्र बेचने के इस आग्रह से मर्माहत होकर विजया ने पूछा—"इतने कम में बेच देंगे? क्या आपका काम हो गया?"

सांस लेकर नरेन्द्र ने कहा—"काम? काम तो कुछ भी नहीं हुआ!"

"मेरी स्वयं भी बहुत दिनों से एक माइक्रोस्कोप खरीदने की इच्छा रही है। कल लाकर मुझे दिखा सकते हैं?"

"हां। मैं आपको उसकी सब प्रक्रिया बता दूंगा। कुछ ऐसी चीजें भी होती हैं जिनका मूल्य रुपयों में नहीं आंका जा सकता। यह भी एक वैसी ही चीज़ है। खर्च का और साधन न होने से ही अच्छा, मैं उसे कल दोपहर को लेकर आऊंगा।"

जब तक नरेन्द्र दिखाई पड़ता रहा, विजया उसे अपलक नयनों से देखती रही। उसके बाद एक कुर्सी पर बैठ गई। उसको जान पड़ा मानो जहां तक दृष्टि जाती है वहां तक सब कुछ खाली हो गया है। जैसे किसी दिन उसका किसी चीज़ से प्रयोजन नहीं था और कुछ भी मृत्यु-पर्यन्त उसके काम न आएगा। उसे पता भी न चला कि कब दिन डूबा, कब शाम हुई, कब नौकर दीप जला गया। सहसा उसने होश में आकर देखा कि उसके आंसू गिर रहे हैं। न जाने कब से आंसू गिर रहे हैं कि उसकी छाती पर की साड़ी भीग गई है—नौकरों ने देखकर क्या समझा होगा! वह बिछौने पर जाकर लेट रही। बहुत देर बाद नींद आ गई। सुबह नींद खुलने पर देखा कि कमरा प्रभात के स्निग्ध प्रकाश से भर गया है। जिस आदमी के साथ जीवन में उसका पांच-छः दिनों से अधिक का परिचय नहीं, उसके साथ नींद में भी मानो उसकी अज्ञात वेदना जुड़

गई थी।

दिन चढ़ने लगा। सारे काम-काज के बीच भी आंख और कान जिधर लगे थे, उसे सोचकर भी विजया को शर्म आती है। वह मन को समझाती है कि यह केवल उस यन्त्र को देखने का कुतूहल है, किन्तु यह सब समझाना व्यर्थ होता है। धीरे-धीरे शाम हो चली और विजया का मन निराश हो गया। वह सोचने लगी—'जिसे कल ही दूर चले जाना है वह आज इतनी दूर आने का समय न पा सके तो क्या आश्चर्य! फिर उससे कोई विशेष आग्रह भी तो नहीं प्रकट किया गया—संभव हो उसे अधिक दाम मिला हो, और उसने बेच दिया हो। ऐसा हो तो वह मेरे अभिमान का उचित दण्ड होगा। क्या परेश को भेजें? पर वह ढूंढ़ पाएगा या नहीं?' इसी प्रकार तर्क-वितर्क करती वह छटपटा रही थी कि परेश ने आकर कहा—"मांजी! नीचे चलो। वही कलवाले बाबू आए हैं। हाथ में एक बड़ा भारी चमड़े का बक्स भी लिए हुए हैं।" विजया ने प्रसन्न होकर कहा—"तू उन्हें बैठने को कह, मैं अभी आती हूं।

दो-तीन मिनट बाद विजया ने बैठक में प्रवेश कर नमस्कार किया। आज उसके पहनावे और सौन्दर्य में कुछ ऐसी विशेषता थी कि नरेन्द्र ठक-सा देखता ही रह गया। उसकी मुग्धदृष्टि देख विजया शर्म से गड़ गई। माइक्रोस्कोप टेबल पर रखकर नरेन्द्र ने कहा—"नमस्कार! मैंने विलायत में कुछ चित्र-अंकन का कार्य भी सीखा था। मैंने आपको और भी कई बार देखा है, पर आज घर में प्रवेश करते ही मेरी आंखें खुल गईं। मैं निश्चयपूर्वक कह सकता हूं कि जो चित्र खींचना जानता है उसे आपको देखकर आज लोभ होगा। वाह, कितना सुन्दर!"

विजया ने मन ही मन समझा कि यह सौन्दर्य के चरणों में निष्कपट भक्त की स्वार्थ-गन्धहीन निष्कलुष प्रशंसा अज्ञात रूप से उच्छ्वसित हो उठी है। वह यह भी समझ गई कि ऐसी बात केवल इसी आदमी के मुंह से निकल सकती है। फिर भी उसको लगा कि वह अपना यह लज्जा-रुण मुंह कहां ले जाकर छिपाए। क्षण-भर बाद अपने को संभालकर

बोली—"मुझे इस प्रकार लज्जित करना क्या आपके लिए उचित है? फिर मैंने तो एक चीज़ खरीदने के लिए आपको बुलाया था, चित्र खींचने के लिए नहीं।"

उत्तर सुनते ही नरेन्द्र का मुंह सूख गया। उसने कहा—"मैंने किसी और भाव से यह नहीं कहा था, फिर भी मुझसे बड़ा अन्याय हो गया है। अब कभी···।" उसकी अनुताप की मात्रा देख विजया हंस पड़ी और स्निग्ध हंसी से मुंह उज्ज्वल करके बोली—"देखू आपका यंत्र।"

इस कमरे में अंधेरा होता जा रहा था, इसलिए बगल के कमरे में, जहां प्रकाश कुछ अधिक था, जाकर दोनों एक टेबल के आमने-सामने कुर्सियों पर बैठ गए और माइक्रोस्कोप टेबल पर रख नरेन्द्र विजया को उसकी प्रक्रिया समझाने लगा। उसने चिकित्सा-विज्ञान के अध्ययन के समय जीवाणुओं का भी संकलन किया था, और वह सब भी साथ ही विजया को देने के लिए लाया था, जिससे इस खुर्दबीन द्वारा असीम ब्रह्माण्ड की एक झलक देखी जा सकती थी। वह जी-जान से सब कुछ विजया को समझाने लगा, किन्तु उसे तो धुंधला कोहरा-सा छोड़ और कुछ दिखाई न पड़ता था। नरेन्द्र के प्रबल निःश्वास से विजया के खुले केश उड़ते थे और उसके शरीर के रोयें खड़े हो जाते थे। बार-बार हाथ से हाथ छू जाने से उसका सारा शरीर अवश, शिथिल होता जा रहा था। विजया तो डाक्टर नहीं है, वह जीवाणुओं को पहचानकर क्या पाएगी? बहुत देर तक प्रयास करने पर भी जब विजया की समझ में कुछ न आया, तो नरेन्द्र खीझकर अपनी कुर्सी पर सीधा बैठ गया और बोला—"जाइए, यह आपके वश की बात नहीं है। ऐसी मोटी बुद्धि मैंने कहीं नहीं देखी।"

"मेरी बुद्धि मोटी है या आप समझा नहीं सकते!"

"अब किस तरह समझाऊं? आपकी बुद्धि मोटी नहीं है, परन्तु आपका मन जो नहीं लग रहा है। मैं बक-बककर मरा जा रहा हूं और आप झूठ-मूठ आंखें लगाए मुंह नीचा किए हंस रही हैं।"

"कौन कहता है कि हंस रही हूं? यह आपकी गलती है।"

"मेरी गलती है? पर इस यन्त्र में तो गलती नहीं है, फिर आप क्यों देख नहीं पातीं?"

"आपका यन्त्र खराब है, इसीसे।"

"इस तरह का शक्तिमान माइक्रोस्कोप आसपास कहीं न मिलेगा···" यह कहकर नरेन्द्र उसकी जांच करने के लिए ज्योंही झुका, उसका सिर विजया के सिर से टकरा गया। उः करके वह सिर पर हाथ फेरने लगी, फिर बोली—"जानते हैं सिर लड़ने से क्या होता है? सींग निकल पाते हैं!"

नरेन्द्र ने हंसकर कहा—"निकलना हो तो उन्हें आपके ही सिर से निकलना चाहिए।"

"वह तो होगा ही। आपके इस पुराने टूटे यंत्र को अच्छा न कहने के कारण तो मेरा सिर सींग निकलने लायक है ही!"

नरेन्द्र का मुंह सूख गया। उसने कहा—"मैं सच कहता हूं, यंत्र टूटा नहीं है। आप समझती होंगी कि मेरे पास और कुछ न होने के कारण मैं आपको ठग रहा है, किन्तु बाद में आपको पता चल जाएगा कि आपका खयाल ठीक नहीं है।"

"बाद में मालूम होने से क्या होगा? मैं आपको कहां पाऊंगी?"

नरेन्द्र ने तीखे स्वर में कहा—"फिर आपने क्यों खरीदने की बात कही थी? बेकार मुझे इतना कष्ट दिया!"

"उस समय आपने क्यों नहीं कहा था कि यंत्र टूटा है?"

"अच्छा, टूटा ही सही। मैं आपसे बहस नहीं करना चाहता। मेरी इतनी ही हानि हुई कि अब कल न जा सकूंगा। सभी आप जैसे अंधे नहीं हैं; मैं कलकत्ता में इसे अनायास बेच लूंगा। अच्छा, अब चलता हूं।"

विजया ने गम्भीर होकर कहा—"अभी कैसे जा सकते हैं! खाकर ही जा सकेंगे।"

"नहीं, उसकी आवश्यकता नहीं।"

"है कैसे नहीं! आपको भोजन करना ही होगा। जरा बैठिए, मैं अभी आती हूं।" यह कहकर उमड़ती हंसी को रोक कमरे में रूप की

लहर बहाकर चली गई। चन्द मिनटों में ही अपने हाथ में भोजन की थाली लिए लौट आई। टेबल खाली देख विजया ने कहा—"इतनी जल्द यंत्र को बन्द भी कर दिया! देखती हूं आपका गुस्सा बड़ा तेज़ है।"

"आप न लेंगी, इसमें क्रोध काहे का? पर सोचिए, इतनी भारी चीज़ लादकर इतनी दूर आने-जाने में कितना कष्ट हो सकता है?"

थाली टेबल पर रखकर विजया ने कहा—"वह कष्ट तो आपने मेरे लिए नहीं, अपने लिए किया। खैर, भोजन तो कीजिए।" परन्तु नरेन्द्र उसी तरह बैठा रहा। यह देख विजया बोली—"अच्छा, आपको लादकर न ले जाना पड़ेगा। मैं ही ले लूंगी।"

नरेन्द्र ने अपने को अपमानित समझ कहा—"आपसे दया के लिए तो मैंने कहा नहीं।"

"उस दिन कहा था जब मामा के लिए सिफारिश की थी।"

"वह दूसरे के लिए था, अपने लिए नहीं।"

"जो हो, यंत्र अब आप लौटाकर न ले जा सकेंगे, यहीं रहेगा। खाने बैठिए।"

"इसका अर्थ?"

"कुछ होगा ही।"

"मैं स्पष्ट जानना चाहता हूं। आप खरीदने के बहाने यंत्र मंगाकर रख लेना चाहती हैं क्या? इसे भी क्या पिताजी आपके पास रेहन रख गए हैं? तब तो आप मुझे भी रोककर कह सकती हैं कि पिताजी मुझे भी आपके पास रेहन रख गए हैं।"

विजया का मुंह लज्जा से लाल हो गया। नरेन्द्र हांडी-सा मुंह लटकाए कुर्सी पर बैठा रहा।

12

सृष्टितत्त्व का जो अज्ञेय व्यापार है उसके सम्बन्ध में विजया ने बड़े-बड़े विद्वानों से बहुत-सी बातें सुनी थीं, किन्तु जो अंश ज्ञेय है, वह कहां से शुरू होता है, उसका क्या कार्य है, क्या इतिहास है, क्या प्रकृति है, उसके विषय में इतनी स्पष्ट भाषा में उसने और कभी सुना हो, यह उसे याद नहीं। जिस यंत्र को टूटा हुआ कहकर उसने हंसी की थी, उसीकी सहायता से उसने अपूर्व और अद्भुत दृश्य देखे। इस रोगी और पागल सरीखे आदमी को देखकर यह विश्वास नहीं होता कि उसने डाक्टरी पास की होगी; किन्तु अब उसके ज्ञान की गहराई, दृढ़ निष्ठा और अद्भुत स्मरणशक्ति को देख विजया अवाक् रह गई। इतने पर भी इस आदमी को चिढ़ा देना कितना सरल है! नरेन्द्र जब यंत्र एवं जीवाणुओं के सम्बन्ध में समझा रहा था, तो विजया कुछ सुनती थी, कुछ नहीं सुनती थी, एकटक नरेन्द्र के मुंह की ओर देख रही थी और उसकी ईमानदारी और सरलता की बात सोचकर श्रद्धा-भक्ति में डूबी जा रही थी।

एकाएक नरेन्द्र बोला—"आप तो सुन ही नहीं रही हैं?"

"सुनती क्यों नहीं हूं!"

"अच्छा बताइए, क्या सुना?"

"क्या एक ही दिन में सब कोई सीख लेते हैं?"

"आप कुछ न सीख सकेंगी, ऐसा अन्यमनस्क प्राणी मैंने नहीं देखा।"

"आपने क्या एक ही दिन में सब सीख लिया था?"

"आप एक दिन क्या सौ साल में भी सीख न सकेंगी। फिर आपको सिखाएगा कौन?"

"आप, नहीं तो यह टूटा यंत्र लेगा कौन?"

"आपके लेने की ज़रूरत नहीं, पर मैं आपको सिखा न सकूंगा।"

"तो फिर चित्र खींचना ही सिखा दीजिए, वह तो सीख सकूंगी!"

नरेन्द्र ने उत्तेजित होकर कहा—"जिसमें आदमी को नहाने-खाने की सुधि नहीं रहती, जब वही आपकी समझ में न आया, तो चित्र खींचना क्या आएगा?"

विजया ने नकली गंभीरता के साथ कहा—"कुछ भी न सीख सकने पर तो सींग निकल आएंगे।"

नरेन्द्र जोर से हंस पड़ा। बोला—"वही आपके लिए उचित दण्ड है।"

विजया मुंह फिराकर हंसी को छिपाती हुई बोली—"जी हां, यह क्यों नहीं कहते कि आपमें सिखाने की क्षमता नहीं है।—अरे नौकर-चाकर कहां हैं, रोशनी क्यों नहीं करते? ज़रा बैठिए, मैं रोशनी के लिए कह आऊं।" इतना कहकर ज्योंही उसने दरवाज़े का पर्दा उठाया कि ठक-से रह गई। बैठकखाने में पिता-पुत्र रासबिहारी और विलास बिहारी कुर्सियों पर बैठे हुए थे। लगता था जैसे विलास के मुंह पर किसीने स्याही फेर दी हो। विजया ने अपने को संभालकर पूछा—"कब आए काकाजी? आपने बुलवा क्यों न लिया?"

रासबिहारी ने सूखी हंसी हंसकर कहा—"मुझे आए तो आध घण्टा हो गया। तुम बात कर रही थी इसीलिए नहीं बुलाया। शायद जगदीश का लड़का है? क्या चाहता है?"

दूसरे कमरे में सुनाई न पड़े, इसलिए विजया ने धीरे से कहा "उनके पास एक माइक्रोस्कोप है। बेचना चाहते हैं ; वही दिखा रहे थे।"

विलास ने गरजकर कहा—"ठगने के लिए और जगह नहीं मिली उसे?"

विजया के मुंह का भाव देख रासबिहारी ने झिड़ककर कहा—"जो जाना नहीं है उसके बारे में राय देना ठीक नहीं। पर जो हो, हमें माइक्रोस्कोप की ज़रूरत क्या है? कौन है कालीपद! उस कमरे में रोशनी करने जा रहा है? जा, उन बाबू से कह दे कि हम लोग उसे खरीद न सकेंगे, वे जा सकते हैं।"

विजया ने सहमते हुए कहा—"मैं लेने का वचन दे चुकी हूं।"

रासबिहारी—क्या दाम मांगते हैं?

"दो सौ रुपये।"

"दो सौ! तब तो विलास ने झूठ नहीं कहा। जा कालीपद; उनसे जाने के लिए कह दे। यहां यह धोखाधड़ी नहीं चलेगी।"

जिससे कहने को कहा गया था, वह खुद सब कुछ सुन रहा था। विजया ने दृढ़ स्वर में कहा—"कालीपद! तुम रोशनी रख आओ। उनसे जो कहना होगा, मैं स्वयं कहूंगी।"

नरेन्द्र को कल भोजन कराने की बात विलास सुन चुका था, आज यह निःसंकोच हास्यालाप और विजया की वेश-भूषा देख ईर्ष्या से वह पागल हो उठा। बोला—"मैंने बहुत माइक्रोस्कोप देखे बाबूजी, पर यह हो-हो करके हंसने की बात किसीमें न पाई।"

विजया ने कहा—"क्या कल आपके साथ बातचीत नहीं हो सकती काकाजी? उन्हें रात हो रही है, बहुत दूर जाना भी है। उनके साथ मुझे अभी कुछ बात करनी है।"

विजया की हिम्मत देख रासबिहारी स्तब्ध रह गए, पर अपना मनोभाव प्रकट नहीं होने दिया। उन्होंने देखा कि विलास की आंखें खूनी जानवर की भांति चमक उठी हैं और वह कोई कड़ी बात कहना ही चाहता है। इसलिए उठकर बोले—"अच्छा, मैं कल सवेरे आऊंगा। चलो विलास, अंधेरा हुआ जा रहा है।"

दोनों के चले जाने के बाद भी विजया देर तक मूर्तिवत् वहीं खड़ी रही। फिर अपने को संयत कर बगल के कमरे में गई। नरेन्द्र ने एक लम्बी सांस ली और बोला—"इसे मैं लौटाए लिए जा रहा हूं। आज आपने न जाने किसका मुंह देखा था कि मैंने भी बहुत-सी अप्रिय बातें सुनाईं और वे लोग भी कह गए।"।

विजया के हृदय की जलन दोनों आंखों में जल उठी। उसने अविचलित स्वर में कहा—"ईश्वर करे, मैं उसीका मुंह रोज़ सवेरे उठकर देखूं। आपके बारे में उन्होंने जो बातें कहीं, वह उनकी

अनधिकार चर्चा है, यह मैं कल ही उन्हें समझा दूंगी।"

नरेन्द्र ने शांत स्वर में कहा—"उसकी क्या ज़रूरत? इन सब चीज़ों का मूल्य ठीक न जानने के कारण उन्होंने ऐसा कह दिया होगा, अन्यथा जान-बूझकर मेरा अपमान करने में उन्हें कोई फायदा तो है नहीं। वे आपके आत्मीय और हितैषी हैं, मेरे लिए उन्हें नाराज़ न कीजिएगा। अच्छा, रात हो रही है, मैं जाता हूं।"

"कल या परसों आप एक बार आ सकेंगे?"

"मैं तो कल जा रहा हूं। बर्मा जाना तो कल न होगा, परन्तु कलकत्ता जाना ही पड़ेगा। अब मुलाकात···"

विजया की आंखों में आंसू आ गए। वह न तो बोल सकी न सिर उठा सकी। नरेन्द्र ने ज़रा हंसकर कहा—"आप दूसरों को इतना हंसा सकती हैं और खुद ज़रा-सी बात में दुखी हो जाती हैं। उस समय मैंने आपको मोटी बुद्धिवाली कहकर न जाने क्या-क्या सुना दिया, पर आप मुस्कराती ही रहीं। कुछ हो, आपकी याद सदा आती रहेगी।"

वर्षा के बाद हवा का झोंका आते ही जैसे वृक्ष के पत्तों से बूंदें टप-टप गिर पड़ती हैं, वैसे ही नरेन्द्र की बात से विजया की आंखों से टप-टप आंसू चू पड़े; और वह कर्तव्याकर्तव्य-ज्ञानहीन वैज्ञानिक क्षण-भर में एक विषम कार्य कर बैठा। अकस्मात् हाथ बढ़ाकर विजया की ठुड्डी ऊपर उठाकर बोला—"यह क्या, आप रो रही हैं!"

विद्युत्वेग से विजया दो पग पीछे हट गई और आंखें पोंछ डालीं। नरेन्द्र ने इतना ही पूछा—"क्या हुआ?" ये सब बातें उस बेचारे की बुद्धि में नहीं पाती। जो मोटी बुद्धिवाली कहे जाने पर छिप-छिपकर हंसे और श्रद्धा एवं कृतज्ञतायुक्त प्रशंसा पर रो-रोकर नदी बहा दे, ऐसी अद्भुत प्रकृतिवाले प्राणी के साथ संसार में ज्ञानी आदमी का सहज कारबार किस प्रकार चल सकता है? नरेन्द्र कुछ देर तक स्तब्ध रहा, फिर यंत्र का बक्स उठाकर चलने को उद्यत हुआ। विजया ने रुंधे कण्ठ से कहा—"यह मेरा है। आप रख दीजिए।" फिर रुलाई के वेग को दबाने के लिए तुरन्त चली गई।

नरेन्द्र बक्स रखकर हतबुद्धि की भांति कुछ देर खड़ा रहा; फिर बाहर आकर देखा—कहीं कोई नहीं है। दो-एक मिनट प्रतीक्षा की, फिर अंधेरी-सूनी राह पर घर की ओर चल पड़ा।

विजया ने लौटने पर देखा—यंत्र का बक्स तो रखा है, पर नरेन्द्र चला गया है। नौकरों से पूछने पर मालूम हुआ कि किसीने उन्हें जाते नहीं देखा। विजया रुपये लाने गई थी, परन्तु रुलाई के वेग को संभाल न सकने कारण उसे देर लग गई।

13

विलासबिहारी की प्रचण्ड कीर्ति—देहात में ब्राह्म-मंदिर की प्रतिष्ठा का शुभ दिन नज़दीक आ गया। अतिथियों का आना शुरू हो गया है। कलकत्ता से ही नहीं, आसपास के और स्थानों से भी दो-चार आदमी सपत्नीक आ गए हैं। कल ही वह शुभ दिन है। आज संध्या को रासबिहारी ने अपने मकान पर एक प्रीतिभोज का आयोजन किया है।

संसार में स्वार्थहानि का भय किसी-किसी दुनियादार को किस प्रकार कुशाग्रबुद्धि और दूरदर्शी बना देता है, यह बात आगे की घटना से प्रकट हो जाएगी।

निमंत्रित लोगों के बीच बैठकर रासबिहारी अपनी सफेद दाढ़ी पर हाथ फेरता हुआ अपने बालबंधु परलोकगत वनमाली का ज़िक्र करके कहने लगा—"भगवान ने उन्हें असमय ही बुला लिया। मेरी यही प्रार्थना है कि ब्रह्म अपनी असीम करुणा से मुझे उनसे शीघ्र मिलावें।" इतना कहकर उसने हाथ से अपनी आंखें पोंछीं। फिर कुछ क्षण तक मानो अपने ही में मग्न मौन रहकर बोला—"उनका कोमल हृदय ग्रागवासियों के अत्याचार को सह नहीं सका, वे कलकत्ता चले गए; किन्तु मैंने प्रतिज्ञा की कि सब कष्ट सहकर भी गांव में ही रहूंगा। कितना कष्ट सहना पड़ा,

पर मैंने मन में कहा—अन्त में सत्य की जय होगी ही। व/ही शुभ दिन आज आया है। इसीलिए आप लोग अपनी चरणधूलि देने यहां पधारे हैं। वनमाली आज हमारे बीच नहीं हैं, किन्तु मैं आंख मूंदते ही देखता हूं कि वे ऊपर आनन्द में हंस रहे हैं।" सारी सभा उत्तेजित हो उठी; विजया की आंखों से टप-टप आंसू चूने लगे। रासबिहारी ने दाहिना हाथ फैलाकर संकेत करते हुए कहा—"यही उनकी एकमात्र कन्या विजया है। इसमें पिता के सब गुण हैं,पर यह कर्तव्य में कठोर है,सत्य में निर्भीक और स्थिर है। और यह है हमारा पुत्र विलासबिहारी, वैसा ही अटल और दृढ़चित्त। यद्यपि ये बाहर से अब भी अलग हैं, पर वह दिन शीघ्र आनेवाला है, जब आप सबके आशीर्वाद की मंगल छाया में दोनों के जीवन एक में मिलकर धन्य होंगे।"

एक अस्फुट मधुर कलरव से सारी सभा गूंज उठी। जो महिला पास बैठी थी उसने विजया का हाथ अपने हाथ में लेकर ज़रा दबा दिया। रासबिहारी ने दीर्घ श्वास लेकर कहा—"यही उनकी एकमात्र संतान है, इसलिए यह दिन अपनी आंखों देखकर मरने की उन्हें बड़ी साध थी। सारा अपराध मेरा है। हम मुंह से तो कहते हैं कि मानव-जीवन कमल के पत्ते पर पड़ी हुई ओस की बूंद के समान है, परन्तु काम-काज में उसे भूल जाते हैं। मैंने भी, वह दिन जल्दी आवे, इसका खयाल नहीं किया।" अनुताप की रेखा उनके मुंह पर फूट पड़ी। फिर लंबी सांस लेकर बोले—"किन्तु इस बार मैं वह भूल न होने दूंगा; अपने शरीर की ओर देखकर मैं कहता हूं कि इस काम में आगामी फागुन से ज़्यादा विलम्ब नहीं होना चाहिए। कौन जाने, फिर मैं भी वह दिन न देख पाऊं।" इस बार फिर सभा से एक अव्यक्त ध्वनि उठी। रासबिहारी दाहिने-बायें नज़र डालकर विजया को लक्ष्य कर बोले—"वनमाली अपनी समस्त सम्पत्ति के साथ अपनी कन्या को जैसे मेरे हाथ में सौंप गए थे, वैसे ही धर्म की ओर दृष्टि रखकर मैं भी अपना कर्तव्य पूरा करूंगा। ये दोनों आप लोगों के आशीर्वाद से दीर्घायु हों, सत्य का आश्रय लेकर कर्तव्य पालन करें और जहां से उनके पिता बहिष्कृत किए गए थे, वहां

दृढ़ रूप से प्रतिष्ठित होकर सत्यधर्म का प्रचार करें, ईश्वर से मेरी यही प्रार्थना है। बेटी, तुम्हारे माता-पिता इस समय नहीं हैं, नहीं तो तुमसे यह बात न पूछनी पड़ती। लज्जा न करो, कह दो, मैं अभी इन लोगों को फागुन में आने का निमंत्रण दे दूं।" विजया क्या कहती! क्षोभ, विरक्ति एवं भय से उसका कंठ रुक गया। वह सिर झुकाए चुप चाप बैठी रही। थोड़ी देर प्रतीक्षा करने के बाद रासबिहारी ने हंसकर कहा—"दीर्घजीवी हो बेटी, तुम्हें कुछ कहना न पड़ेगा, मैं सब समझ गया।" फिर खड़े हो दोनों हाथ जोड़कर बोले—"आगामी फागुन में आप लोगों से एक बार फिर अपनी चरणधूलि देने की भीख मांगता हूं।" अब विजया और न सह सकी, अव्यक्त स्वर में बोल उठी "पिताजी की मृत्यु के साल-भर के अन्दर···" प्रबल वाष्पोच्छ्वास से वह बात पूरी न कर सकी।

रासबिहारी पलक मारते समझ गए और पश्चात्ताप-भरे स्वर में बोले—"यह तो मुझे याद ही न था; तुम मेरी बेटी हो न, इसलिए मेरी भूल बतला दी। पर उसमें भी तो ज़्यादा देर नहीं है। अच्छा, अब वैशाख में यह काम होगा। बेटा विलास, रात हुई जा रही है, सबके खाने-पीने का प्रबन्ध करो।" कहते हुए वे पुत्र के पीछे-पीछे भीतर चले गए।

प्रीतिभोज समाप्त होते-होते बारह बज गए। विजया एक खंभे के पास अकेली खड़ी पालकी की प्रतीक्षा कर रही थी। रासबिहारी ने कहा—"हां बेटी, तुमसे यह कहना तो भूल ही गया था कि मैंने नरेन्द्र को माइक्रोस्कोप के दाम दे दिए हैं।"

आठ-दस दिन बीत गए, नरेन्द्र उस दिन के बाद फिर विजया के यहां नहीं आया। ये दिन विजया के किस प्रकार बीते हैं, इसे केवल वही जानती है। उसकी बुआ का घर कहां, किस गांव में है, यह उसने पूछा नहीं था और यह भूल उसके कलेजे में सेल की तरह चुभ रही थी। पर उसका कोई उपाय नहीं था। रासबिहारी की बात से चौंककर उसने पूछा—"कब दिए?"

"याद तो नहीं, शायद दूसरे ही दिन दे दिए थे। जब तुम ज़बान दे चुकीं, तब दाम चाहे कम हों या ज़्यादा। मैंने देखा, रुपया हाथ में आते ही वह अपनी जीविका के लिए जा सकेगा; तब मुझसे नहीं रहा गया, उसी समय रुपये दे दिए।" कुछ देर बाद बड़ी प्रबल चेष्टा से विजया बोली—"उन्हें रुपये कहां दिए?"

न जाने कैसे रासबिहारी ने इस सवाल का दूसरा ही अर्थ लगाकर कहा—"क्या कहती हो, रुपये क्या वह दोबार ले गया? उसका मुंह देखने से तो वह ऐसा नहीं लगता था। धोखा खाते-खाते मेरी तो दाढ़ी सफेद हो गई है। जाने दो, यह रकम मैं···" विजया से और नहीं सहन हुआ। उसने रूखे स्वर में कहा—"धोखा देकर दो बार रुपये ले जानेवाले आदमी वे नहीं हैं, भूखों मरने पर भी नहीं। पर आपने उन्हें रुपये कब दिए?"

"ओह···जाने के लिए वह बहुत अधीर था। एकाएक भेंट होते ही···अरे कौन है विलास! पालकी का क्या प्रबन्ध हुआ? तेज सर्दी पड़ रही है। मैं न देखूं तो कोई काम ही न हो।" कहते हुए रासबिहारी खंभे को विलास समझ आगे बढ़ गए।

14

ऐसा भी एक दिन था जब विलास के हाथ में आत्मसमर्पण करना विजया के लिए ज़रा भी कठिन न था; किन्तु आज विलास ही क्यों, इस पृथ्वी पर एक को छोड़ अन्य किसीको स्पर्श करने की कल्पना तक से उसका सर्वांग लज्जा एवं घृणा से संकुचित हो उठता है। रासबिहारी के यहां से पालकी लौटते समय वह अपने मन में इसी भाव को परखती आ रही थी। पिता की इच्छा तो ठीक-ठीक वह न जान सकी थी, परन्तु उनकी मृत्यु के उपरान्त प्रायः निश्चित हो गया था कि उसकी जीवन-

धारा आगे विलासबिहारी के साथ ही मिलकर प्रवाहित होगी। किसी तरह भी इसके विपरीत हो सकने की संभावना उसके मन में उदित नहीं हुई थी। परन्तु एक अनासक्त-उदासीन पुरुष न जाने कहां से आया और सब कुछ छिन्न-भिन्न करके, उसके निर्दिष्ट मार्ग की रेखा तक मिटाकर न जाने कहां चला गया—यह सत्य है या स्वप्न? यदि स्वप्न है तो उसका मोह कब दूर होगा; यदि सत्य है तो वह इस जीवन में किस प्रकार सार्थक होगा?

विजया ने सोने की, चेष्टा की, परन्तु उसे नींद नहीं आई। हाय, उसकी दारुण समस्या कौन सुलझाएगा? उसके मां नहीं, बाप नहीं, भाई-बहिन तो कभी रहे ही नहीं। रासबिहारी के सिवा उसका कोई नहीं है। उसका बन्धु-बांधव, इष्टमित्र, स्वजन-यात्मीय, अभिभावक, जो कुछ है बस एक वही हैं और वे अपने किस स्वार्थ की पूर्ति के लिए कलकत्ता के आजन्म परिचित समाज से हटाकर उसे यहां ले आए हैं, यह आज विजया के सामने प्रत्यक्ष हो उठा। विदेश-यात्रा के लिए नरेन्द्र को भेजने की आतुरता के कारण उनकी अयाचित सहायता, अपने घर में प्रीतिभोज का आयोजन,सम्मानित अतिथियों के आगे विवाह का प्रस्ताव, लज्जाजन्य उसकी चुप्पी को उसकी मौन सम्मति बताने का आग्रह, यह सब उसे चारों ओर से जकड़ लेने का प्रयास-मात्र है, यह भी विजया से छिपा न रहा। पर इन सबके बीच वह कितनी निरुपाय एवं विवश है, यह सोचकर वह कांप उठी और रो-रोकर अपने परलोकगत पिता को पुकारने लगी—"पिताजी, तुमने तो इन लोगों को पहचान लिया था, फिर क्यों मुझे इनके मुंह में छोड़ गए? क्यों तुम विवेचना का भार मुझपर डाल गए? और यही करना था तो मेरी स्वाधीनता का द्वार क्यों चारों ओर से बन्द कर गए?" रोते-रोते उसका तकिया भीग गया।

दूसरे दिन परेश की मां की पुकार पर जब वह उठी तो दिन चढ़ आया था। उसने सुना कि सब निमंत्रित अतिथि एकत्र हैं, केवल वही नहीं है। आज दिन-भर उत्सव चलेगा, यह याद कर उसका मन अवसाद से भर गया। इसी समय कालीपद ने तेज़ी से आकर कहा—

"बिटिया रानी, जल्द चलो। छोटे बाबू बहुत बिगड़ रहे हैं।" नौकर के मुंह से यह सुनकर उसके शरीर में आग लग गई, आंखें दहकने लगीं। उसने उंगली से नीचे की ओर संकेत करके कहा—"तू जा!"

विजया जानती थी कि इस घर में छोटे बाबू का अर्थ विलास-बिहारी है, किन्तु यह बात आज ही उसे मालूम हुई कि उसके क्रोध की गुरुता नौकरों की दृष्टि में गृहस्वामिनी के भय का कारण भी हो सकती थी। उसे स्पष्ट दीख पड़ा कि इतने ही समय में विलास यहां का यथार्थ स्वामी बन बैठा है और वह उसकी आश्रिता, अनुग्रहप्रार्थिनी-मात्र हो गई है।

आध घण्टे बाद तैयार होकर वह नीचे गई। लोग चाय पी रहे थे। सबने उठकर उसका अभिवादन किया। उसका उदास मुंह देख बहुतों ने उद्विग्न प्रश्न भी किए, परन्तु विलासबिहारी ने तीव्र कटु स्वर में कहा—"अब भी तुम्हें न उठना था। तुम्हारे व्यवहार से मैं विरक्त होता जा रहा हूं, यह मैं बता देना चाहता हूं।" इतने लोगों के सामने भावी स्वामी की इस अशिष्टता ने लोगों को व्यथित एवं विस्मित कर दिया। किन्तु विजया उसकी बात पर बिलकुल ध्यान न देकर सबको नमस्कार करती हुई वृद्ध आचार्य दयाल बाबू के पास जाकर खड़ी हो गई और उनसे शांत स्वर में बोली—'आपके चाय-पान में असुविधा तो नहीं हुई? मुझसे अपराध हो गया, आज मैं जल्द उठ नहीं सकी।" वृद्ध दयाल बाबू ने स्नेहार्द्र होकर कहा—"नहीं बेटी, नहीं। किसीको कुछ असुविधा नहीं हुई। विलास बाबू एवं रासबिहारी बाबू ने कोई कमी नहीं होने दी। किन्तु तुम्हारी तबीयत तो अच्छी नहीं दीख पड़ती बेटी?"

वृद्ध की शांत मूर्ति ने सभा में प्रवेश करते ही विजया को अपनी ओर खींच लिया था। उसे जान पड़ा मानो वे स्वजन हैं। उनके स्निग्ध, कोमल कंठ-स्वर ने उसके हृदय की जलन को बहुत कुछ शांत कर दिया। लगा जैसे उन वृद्ध के स्वर में उसके पिता का ही स्वर हो। दयाल बाबू ने अपने कोच की बगल में बैठने का संकेत करते हुए पूछा—

"खड़ी क्यों हो, बैठ जाओ बेटी! ज्वर-वर तो नहीं आ गया?" विजया बैठ तो गई किन्तु उत्तर न दे सकी। उसके लिए आंसुओं को रोकना कठिन हो गया। उन्हें रोकने के लिए दूसरी ओर देखने लगी। वृद्ध के फिर वही प्रश्न करने पर उसने रुंधे गले से केवल इतना कहा—"ना।" दयाल बाबू ने उसके रुंधे स्वर एवं संक्षिप्त उत्तर पर ध्यान दिया। उसे सुस्थ होने देने के लिए उन्होंने उससे धर्म-चर्चा छेड़ दी। बोले—"बेटी! तुमने जिस मंदिर की यहां स्थापना की है, उसे बनाए रखने के लिए तुम लोगों को बड़ा परिश्रम एवं स्वार्थ-त्याग करना पड़ेगा। पर इस धर्म के पौधे को यदि हरा-भरा रख सकोगी, तो एक जटिल समस्या हल हो जाएगी। यह ब्राह्म-धर्म ही बंग देश के ग्रामीण समाज को कुसंस्कारों से मुक्त कर सकता है।"

विजया के हृदय में स्वदेश के मंगल की कामना तो थी ही, वृद्ध आचार्य की बात से वह तरंगित हो उठी। मंदिर की स्थापना की आड़ में विलास अपनी यशलिप्सा लिए हुए विजया के हृदय की अत्यन्त व्यथा की जगह बार-बार आघात करता था और विजया उस चोट से तड़प-तड़पकर रह जाती थी। कोई बदला न ले सकने के कारण उसका हृदय मंदिर-स्थापना के ही विरुद्ध हो गया था। किन्तु दयाल बाबू की बात से उसका भ्रम दूर हो गया और उसे लगा जैसे विलास वस्तुतः हृदयहीन और क्रूर नहीं है, उसकी कठोरता शायद इस प्रबल धर्मानुराग के कारण है।

लोग धीरे-धीरे उठने लगे। विजया भी उठकर खड़ी हो गई। रासबिहारी ने लड़के को एक तरफ ले जाकर न जाने क्या समझाया कि वह विजया के पास आकर बोला—"तुम्हारी तबीयत क्या आज सवेरे खराब थी विजया?" आध घंटे पूर्व शायद विजया विलास के ऐसे सवाल की उपेक्षा करती, किन्तु इस समय दयाल बाबू की बातों से उसके हृदय का भार उतर गया था, इसलिए उसने उसकी ओर देखकर कहा—"नहीं, तबीयत ठीक है। कल रात नींद न आ सकने के कारण ऐसा मालूम पड़ता होगा।" विलास का मुंह खुशी से चमक उठा।

बोला—"तब तुम इस समय धूप में बाहर न निकलना। स्नान-भोजन करके ज़रा लेट रहना। ऋतु बदल रही है, कहीं तबीयत खराब न हो जाए।" इतना कहकर वह चला गया। विजया कुछ देर तक उसकी ओर देखती रही,फिर सांस छोड़कर ऊपर चली गई। शाम को विधिवत् मंदिर की स्थापना हो गई। विजया और विलास उस समय पास रखी दो विशेष कुसियों पर बैठे। विजया के हृदय में जो दाह था, वह दूर हो गया।

15

कई दिनों तक उत्सव का कार्यक्रम होता रहा, पर अन्त में उसे खत्म करना ही पड़ा। उत्सव के अन्त में रासबिहारी ने कहा—"जिनकी असीम करुणा के कारण हम मूर्तिपूजा के अंधकार से निकलकर प्रकाश में आए हैं, उन एकमेवाद्वितीय, निराकार, परब्रह्म के चरणों में इस मंदिर को जिन्होंने अर्पण किया है उनका कल्याण हो। जिस दिन ये दोनों निर्मल नवीन जीवन बिताने के लिए एक होंगे, वह दिन दिखाने के लिए भगवान हमें जीवित रखें।" फिर उनके आदेश से विजया एवं विलास ने सबको भूमिगत होकर प्रणाम किया। सबने आशीर्वाद दिया। सभा विसर्जित हुई।

संध्या के बाद जब विजया घर पहुंची, तब उसके मन की चंचलता दूर हो गई थी; कोई विरोधाभास उसमें नहीं रह गया था। हृदय उत्साह एवं आनन्द से पूर्ण था। उसने मन में कहा—'पार्थिव सुख ही एकमात्र सुख नहीं है। धर्म के लिए, दूसरों के कल्याण के लिए उस सुख की बलि देना ही सच्चा सुख एवं श्रेय है। विलास के साथ और बातों में चाहे मेरा मत न मिले, किन्तु धर्म को लेकर हम दोनों में कभी मत-भेद न होगा। एक तरह से यह अच्छा हुआ जो विलास जैसे स्थिर-

संकल्प एवं कर्तव्यनिष्ठ व्यक्ति के साथ उसका जीवन सदा के लिए बंधने जा रहा है।'

दूसरे दिन रासबिहारी ने विजया से कहा—"बेटी! यदि तुम मंदिर को सदा चलते देखना चाहती हो, तो दयाल बाबू को यहीं रखने की चेष्टा करो।"

विजया ने पुलकित होकर पूछा—"क्या यह सम्भव है?"

रासबिहारी ने कहा—"सम्भव क्यों नहीं है बेटी? मेरे लिए तो बालबन्धु-से हैं। गरीब होने पर भी बड़े भले हैं। तुम उन्हें ज़मींदारी में कोई नौकरी देकर सरलता से यहां रख सकती हो। मंदिरवाली इमारत में वे सपरिवार अच्छी तरह रह सकते हैं।" विजया ने तुरन्त प्रस्ताव मंजूर कर लिया। दयाल बाबू सपरिवार ब्राह्म-मंदिरवाली इमारत में रहने लगे।

दिन बीतने लगे। पूस गया ; माघ के दस दिन भी बीत गए। ज़मींदारी और मंदिर का काम ठीक-ठीक चलने लगा। कहीं कोई अशांति की बात नहीं रह गई। पर जब-जब माइक्रोस्कोप पर विजया की दृष्टि पड़ती, उसके कलेजे में एक हूक-सी उठती। वह सोचती—'वे न जाने कहां गए! अगर उनके संकट में मैं इस यंत्र का कुछ अधिक मूल्य दे देती तो भी मुझे सन्तोष होता।' यह याद आने पर उसे आश्चर्य होता था कि दो ही दिनों के परिचय में उनके ऊपर इतना स्नेह कैसे उत्पन्न हो गया था? यही अच्छा हुआ कि वह उनके आगे प्रकट नहीं हुआ नहीं तो मुझे जीवन-भर मुंह छिपाने को जगह नहीं मिलती।

फागुन में ज़्यादा गर्मी पड़ने के कारण चारों ओर ज्वर का प्रकोप हो रहा था। वृद्ध दयाल बाबू भी दो दिन से ज्वर में पड़े थे। आज सवेरे उन्हें देखने जाने के लिए तैयार होकर विजया बैठक में आई और चुपचाप चाय पीने लगी कि उसे सुनाई पड़ा—"नमस्कार!"

विजया ने चौंककर मुंह फिराया तो देखा—नरेन्द्र कमरे में प्रवेश कर रहा है। बस, उसके हाथ का प्याला हाथ में ही रह गया ; वह बिलकुल अभिभूत की भांति चुपचाप एकटक देखती रह गई। न तो

उसने नमस्कार किया, न बैठने को कहा।

नरेन्द्र ने कुर्सी की पीठ से अपनी लाठी टिका दी और एक कुर्सी खींचकर बैठते हुए बोला—"यह काम तो मेरा भी पूरा नहीं हुआ है; क्या एक प्याला चाय लाने का हुक्म देंगी?"

"देती हूं," कहकर वह अन्दर चली गई, किन्तु नौकर को एक प्याला चाय और लाने की आज्ञा देकर भी तुरन्त बैठक में लौट न सकी। ऊपर जाने की सीढ़ी पर रेलिंग पकड़े खड़ी रही। उसका हृदय भीषण तूफान से क्षुब्ध समुद्र की भांति उन्मत्त हो उठा था। किसी भी कारण से हृदय इस प्रकार आंदोलित हो सकता है, इसे वह जानती न थी, किन्तु इतना स्पष्ट समझती थी कि इस हलचल के शांत हुए बिना किसीके साथ स्वाभाविक रूप से बातचीत करना असम्भव है। पांच-छः मिनट उसी जगह चुप खड़ी रहने के बाद जब उसने देखा कि कालीपद चाय लिए जा रहा है, तो उसीके पीछे-पीछे उसने भी बैठक में प्रवेश किया।

कालीपद के चले जाने पर नरेन्द्र ने विजया की ओर देखकर कहा "आप मन ही मन नाराज़ हो रही होंगी। न जाने कहां बाहर जा रही थीं, मेरे कारण बाधा हुई; परन्तु मैं पांच मिनट से अधिक आपको न रोकूंगा।"

"अच्छा, पहले चाय तो पीजिए," कहकर सहसा पश्चिम की खिड़की की ओर दृष्टि पड़ते ही विजया ने पूछा—"यह खिड़की कौन खोल गया?"

नरेन्द्र ने कहा—"मैंने ही खोली है।"

"किस तरह खोली?"

"जिस तरह सब लोग खोलते हैं—खींचकर। क्या कोई अपराध हुआ?"

विजया ने सिर हिलाकर कहा—"नहीं, पर आपकी उंगलियां क्या लोहे की हैं? इस खिड़की को पीछे से धक्का दिए बिना हाथ से खींचकर खोलनेवाला आदमी मैंने अभी तक नहीं देखा था।" सुनकर नरेन्द्र ने हो-हो करके ऊंची हंसी से घर भर दिया। यह वही हंसी है, खयाल आते ही

विजया के सारे शरीर में कांटे उठ आए। इस आदमी की हंसी प्रातः-काल की धूप के समान मधुर और उपभोग्य है।

नरेन्द्र ने जेब से दो सौ रुपये निकालकर टेबल पर रखते हुए कहा—"उसीके लिए आया हूं। इतने रुपयों के लिए आपने मुझे जुआरी, चोर, ठग और न जाने क्या-क्या कहला भेजा था। अपना रुपया ले लीजिए, मेरी चीज़ दे दीजिए।"

क्षण-भर के लिए विजया का मुंह लाल हो उठा, परन्तु अपने को संभालकर बोली—"और क्या-क्या कहला भेजा था, ज़रा बताइए तो?"

"इतना मुझे याद नहीं है। उसे लाने को कह दीजिए। मैं साढ़े नौ की गाड़ी से ही कलकत्ता लौट जाऊंगा। अच्छा हुआ, मुझे कलकत्ता में ही एक अच्छी नौकरी मिल गई—उतनी दूर नहीं जाना पड़ा।"

विजया का मुंह चमक उठा, बोली—"आपकी किस्मत अच्छी है।"

"हां, किन्तु ज़्यादा समय नहीं है, नौ बज रहे हैं।" सुनते ही विजया के मुंह की दीप्ति बुझ गई। किन्तु नरेन्द्र ने उधर ध्यान न देकर कहा "मुझे अभी जाना है, उसे लाने के लिए कह दीजिए।"

विजया ने उसके मुंह पर आंखें गड़ांकर कहा—"क्या आपके साथ ऐसी शर्त हुई थी कि आपके दयापूर्वक रुपया लाते ही मुझे तुरन्त उसे लौटा देना होगा?"

नरेन्द्र ने लज्जित होकर कहा—"नहीं, यह शर्त तो नहीं है, पर आपको तो उसकी ज़रूरत नहीं है; कभी किसी दिन वह आपके काम न आएगी, किन्तु मेरे···"

बात काटकर विजया ने कहा—"उस दिन तो आपने कहा था कि वह मेरे बड़े काम आएगी, अब कुछ दूसरी बात कह रहे हैं—बात क्या है।

नरेन्द्र लज्जा से बिलकुल मलिन हो गया। थोड़ी देर चुप रहकर बोला—"देखिए, उस समय मैंने सोचा था कि ऐसी चीज़ आप व्यवहार में लाएंगी, व्यर्थ न रख छोड़ेंगी। फिर आप तो चीज़ें रेहन भी रखती

हैं, वहीं समझ लें। मैं सूद भी दे दूंगा।'

"कितना सूद दीजिएगा?"

"जो उचित हो, मैं देने को राज़ी हूं।"

"पर मैं तो राज़ी नहीं हूं; मैंने कलकत्ता में उसे दिखलाया है, उसके मुझे चार सौ मिल सकते हैं।"

नरेन्द्र एकदम खड़ा हो गया, बोला—"तो रखिए। जो दो सौ के चार सौ लेना चाहता हो, उससे मैं कुछ कहना नहीं चाहता।" विजया मुंह नीचा किए जी-जान से अपनी हंसी रोकने की चेष्टा कर रही थी। नरेन्द्र ने तीक्ष्ण स्वर में कहा—"मैं जानता कि आप ऐसी 'शाइलाक' हैं, तो आता भी नहीं।"

"ऋण वसूल करने के लिए जब आपका सर्वस्व मैंने ले लिया तब भी नहीं समझा?"

"नहीं, क्योंकि उसमें आपका बस नहीं था, वह काम आपके और हमारे पिता कर गए थे। अच्छा, जाता हूं।"

"खाकर न जाइएगा?"

नरेन्द्र ने उद्धत भाव से कहा—"नहीं, मैं खाने के लिए नहीं आया था।"

"अच्छा, आप तो डाक्टर हैं, हाथ (नाड़ी) देखना तो जानते हैं?" इस बार उसके होंठों पर हंसी की एक रेखा दिखाई पड़ गई।

नरेन्द्र आग-बबूला होकर उठ खड़ा हुआ। बोला—"मैं क्या आपके उपहास का पात्र हूं? आपके पास बहुत रुपया होगा, किन्तु रुपये के जोर से भी किसीको किसीका उपहास करने का अधिकार नहीं होता। यह याद रखिए और ज़रा समझकर बात कीजिएगा।" कहकर उसने लाठी उठा ली।

"नहीं तो आपके शरीर में बल और हाथ में लाठी तो है ही!"

नरेन लाठी फेंककर हताश भाव से कुर्सी पर बैठते हुए बोला "आपके मुंह में जो आता है वही कह बैठती हैं। मैं आपसे पार नहीं पा सकता।"

"अच्छा, इसे याद रखिएगा," कहकर अपनी हंसी को और संभाल न सकने के कारण वह जल्दी से चली गई। नरेन्द्र हतबुद्धि की भांति वहीं बैठा रहा। थोड़ी देर बाद लाठी उठाकर चलने को हुआ कि विजया आ गई और बोली—"आपके ही कारण मुझे देर हुई; अब आप भी नहीं जा सकते। आप नाड़ी देखना तो जानते हैं, चलिए मेरे साथ।"

नरेन्द्र को उसकी बात पर विश्वास नहीं हुआ, फिर भी पूछा—"कहां जाना होगा?"

"यहां कोई अच्छा डाक्टर नहीं है। जो हमारे नये आचार्य होकर आए हैं, उन्हें मैं बड़ी श्रद्धा करती हूं। वे दो दिन से बुखार में पड़े हैं। चलिए, उन्हें एक बार देख आइए।"

"अच्छा चलिए।"

"जरा ठहरिए, उस लड़के परेश को भी परसों से बुखार है। उसकी मां उसे ला रही है, उसे भी देख लीजिए।" उसके कहते न कहते परेश की मां लड़के के साथ आ गई। नरेन्द्र ने देखकर ही कह दिया—"मैंने देख लिया मैया! इसे कोठरी में ले जाओ, हवा से बचाओ, दवा मैं भेज दूंगा।" उनके जाते ही नरेन्द्र ने कहा—"बच्चे को शीतला निकलनेवाली हैं, कल तक दाने निकल आएंगे। अब लगता है कि आपके आचार्य को भी देखने जाने की ज़रूरत नहीं है। उन्हें भी बहुत करके शीतला का ही प्रकोप है।"

भय के मारे विजया का सर्वांग कांपने लगा। निर्जीव-सी कुर्सी पर पड़कर बोली—"मुझे भी शीतला निकलेंगी नरेन्द्र बाबू! मुझे भी कल रात बुखार आ गया था, शरीर में बड़ी पीड़ा है।" नरेन्द्र ने ज़रा हंसकर कहा—"पीड़ा भयानक नहीं है, भयानक आपका भय है। दो-एक को दिखाई देने का यह मतलब नहीं कि सभीको वही रोग है।" विजया की आंखें छलछला उठीं। वह बोली—"यदि शीतला निकलीं तो देख-भाल कौन करेगा? मेरा कौन है?"

"देख-रेख करनेवाले बहुत मिल जाएंगे किन्तु आपको कुछ न होगा।"

विजया ने हताश भाव से कहा—"न हो तभी अच्छा; किन्तु कल

रात सचमुच ज़ोर का बुखार चढ़ आया था। अब भी कुछ है···" कहकर उसने अपना दाहिना हाथ आगे बढ़ा दिया। नरेन्द्र ने उसके कोमल शिथिल हाथ को अपने हाथ में लेकर देखा, फिर बोला—"आज कुछ भोजन न कीजिए और जाकर चुपचाप पड़ रहिए। कोई डर की बात नहीं। मैं कल या परसों फिर आऊंगा।"

"आपकी दया!" विजया के इन शब्दों ने तीर की तरह जाकर नरेन्द्र के कलेजे को बेध दिया। किसी तरह लाठी लेकर वह बाहर चला गया, परन्तु उस भयार्त रमणी के मुंह से निकली हुई दया-भिक्षा बलिष्ठ पुरुष के चित्त को मथने लगी।

नरेन्द्र दूसरे दिन काम-काज की भीड़ में कलकत्ता के बाहर न जा सका, किन्तु तीसरे दिन सुबह नौ के पूर्व ही गांव में जा पहुंचा। घर में पांव रखते ही कालीपद ने जल्दी से आकर कहा—"बिटिया को बड़ा बुखार है बाबू। आप ऊपर चलिए।"

विजया के कमरे में जाकर नरेन्द्र ने देखा कि वह प्रबल ज्वर में शय्या पर पड़ी छटपटा रही है; एक प्रौढ़ा नारी घूंघट काढ़े सिरहाने बैठी पंखा कर रही है और कुछ दूर पर पिता-पुत्र, रासबिहारी एवं विलासबिहारी, असाधारण गंभीर मुंह बनाए बैठे हुए हैं। विलास ने बिना किसी भूमिका के छूटते ही कहा—"आप ही न आकर परसों शीतला का भय दिला गए थे?"

इस सफेद झूठ का क्या उत्तर हो सकता था? विलास की आवाज़ कान में पड़ते ही विजया ने लाल हो रही आंखों से उसकी ओर देखा। फिर नरेन्द्र को पहचान दोनों हाथ जोड़कर बोली—"आइए।" बैठने की और कोई जगह न होने से नरेन्द्र विजया की शय्या पर ही एक ओर बैठ गया। सहसा विजया ने नरेन्द्र का हाथ पकड़कर कहा—"कल आते तो आज मुझे इतना ज्वर न होता, मैं सारे दिन रास्ता देखती रही।"

नरेन्द्र डाक्टर था, तुरन्त समझ गया कि प्रबल ज्वर में मनुष्य के मुंह से बहुत-सी ऐसी बातें निकल जाती हैं जो सुस्थ अवस्था में कभी

नहीं निकल सकतीं। किन्तु थोड़ी दूर पर बैठे हुए पिता-पुत्र के शरीर में तो विजया की बात से आग लग गई। नरेन्द्र ने सहज सांत्वना के स्वर में कहा—"भय क्या है! दो दिनों में ही ज्वर ठीक हो जाएगा।"

विजया ने उसका हाथ अपनी छाती पर रखकर करुण स्वर में कहा—"किन्तु अब मेरे अच्छा होने तक तुम कहीं जाओगे तो नहीं? तुम्हारे चले जाने पर मैं शायद बचूंगी नहीं।"

नरेन्द्र के सिर उठाते ही दो जोड़ी भीषण आंखों के साथ उसकी आंखें मिल गईं। जैसे किसी निःशंक शिकार पर टूट पड़ने के लिए भूखा बाघ देखता हो वैसे ही, विलास उसकी ओर देख रहा था।

16

नरेन्द्र अवाक् होकर देखता ही रह गया; उससे विजया के सवाल का कोई जवाब देते न बना। नरेन्द्र चाहे जितना भोला और सांसारिक दृष्टि से अनजान हो, क्षण-भर में ही उसे मालूम हो गया कि पिता पुत्र की दृष्टि से और चाहे जो भी प्रकट हो रहा हो, पर प्रीति नहीं प्रकट होती। जिस दिन वह विजया को माइक्रोस्कोप दिखाने आया था, उस दिन भी इनकी बहुतेरी बातें सुन गया था। फिर जब रासबिहारी उसके घर उस यंत्र का दाम चुकाने गए थे, तब भी बहुत-सी कड़वी बातें सुना आए थे। पर आज उनके क्रोध का कोई कारण उसकी समझ में नहीं आया। यंत्र चार-पांच सौ में बिक सकता है, इसलिए उस सम्बन्ध में तो पिता-पुत्र का क्रोध हो नहीं सकता। रही विजया को शीतला का भय दिलाने की बात, सो वह तो बिलकुल बेबुनियाद है। भय दिलाने की जगह वह उसे उलटा भरोसा और विश्वास दिला गया था। किसने इस मिथ्या का प्रचार किया? क्या स्वयं विजया ने? वह सोच ही रहा था कि ज़रा पर्दा उठाकर कालीपद को झांकते देख विलास

चिल्ला उठा—"ओ सुअर के बच्चे! एक कुर्सी ले आ।"

रासबिहारी ने स्थिति भांपकर कहा—"रोगी के पास इस तरह 'टेम्पर लूज़' करना (आपे से बाहर होना) उचित नहीं है विलास!" लड़के ने और उद्धत होकर जवाब दिया—"आदमी ऐसी अवस्था में आपे से बाहर नहीं होता तो होता कब है? हरामज़ादे नौकर ने बिना पूछे ऐसे एक असभ्य आदमी को लाकर कमरे में बिठा दिया, जो किसी भद्र महिला के सम्मान की रक्षा करना भी नहीं जानता!"

अकस्मात् प्रचण्ड धक्का लगने पर जैसे किसी शराबी का नशा उतर जाता है, ठीक वैसे ही विजया के ज्वर की सुषुप्ति भी दूर हो गई। उसने चुपचाप नरेन्द्र का हाथ छोड़कर दीवार की ओर करवट बदल ली। कालीपद के कुर्सी लाकर रखते ही नरेन्द्र उसपर बैठ गया। रासबिहारी ने विजया के मुंह का भाव देखकर पुत्र से कहा—"मैं सब समझता हूं विलास! यह भी मानता हूं कि ऐसी हालत में तुम्हारा क्रोध करना अस्वाभाविक नहीं है; पर क्रोध न करके शांत भाव से मनुष्य की त्रुटि को सुधारना अच्छा है।" फिर बोले—"और लड़के को ही क्या दोष दूं, मैं बूढ़ा भी बीमारी की बात सुनकर घबरा उठा था। यह शीतला का ऐसा भय दिखा गए···"

नरेन्द्र ने कहा—"नहीं, मैंने कोई भय नहीं दिखाया।"

विलास ने ज़मीन पर पैर पटककर कहा—"ज़रूर भय दिखा गए थे। कालीपद साक्षी है।"

"कालीपद ने गलत सुना है।"

प्रत्युत्तर में विलास कोई और काण्ड करने जा ही रहा था कि पिता ने रोककर कहा—"क्या करते हो विलास? जब वे इन्कार कर रहे हैं, तो क्या कालीपद की बात पर विश्वास करना उचित है? साधारण बीमारी में इतने अधीर न बनो। भगवान ने हमारी परीक्षा के लिए ही विपत्ति भेजी है, तुम लोग इसे क्यों भूल जाते हो? फिर बड़े-बड़े डाक्टरों से गलती हो जाती है, ये तो अभी नये हैं।" फिर नरेन्द्र की ओर उन्मुख होकर कहा—"आपकी राय में तो चिन्ता की कोई बात

नहीं है न?"

नरेन्द्र अभी तक चुपचाप सब अपमान सहता जा रहा था। अब उससे न रहा गया। उसने कहा—"मेरी राय से क्या होता है? आप मेरी बात पर विश्वास क्यों करने लगे? अच्छा हो, आप किसी बड़े डाक्टर को बुलाकर उसकी राय लें।" सुनते ही विलास तो मारामारी के लिए तैयार होकर चिल्ला पड़ा—"किससे बातें कर रहे हो, यह सोचकर, ज़बान संभालकर बोलो। इस घर में न होकर कहीं और होते तो तुम्हारा व्यंग्य···।" इस आदमी का अकारण क्रोध देख नरेन्द्र आश्चर्यचकित हो गया। वह किसी तरह समझ ही न पाया कि यह झगड़ा क्यों कर रहा है। उसे विजया के साथ विलास के भावी सम्बन्ध का कुछ ज्ञान न था। अपने वैज्ञानिक कार्य में व्यस्त रहने के कारण गांव की अफवाहें भी उसके पास न पहुंच पाती थीं। ब्राह्म-मन्दिर की प्रतिष्ठा के समय तो वह कलकत्ता ही चला गया था। बाप-बेटे की बातचीत के ढंग से उसे बीच-बीच में एक अस्पष्ट व्यथा का अनुभव अवश्य होता था,पर ठीक-ठीक वह कुछ समझ न पाता था।

इसी समय विजया ने करवट बदलकर व्यथित आंखों से नरेन्द्र की ओर देखते हुए कहा—"मैं जब तक जीवित रहूंगी, आपके निकट कृतज्ञ रहूंगी; किन्तु इन लोगों ने जब किसी दूसरे डाक्टर से मेरी चिकित्सा कराने का निश्चय किया है, तब आप निरर्थक अपमान न सहें। हां, वापस जाते हुए दयाल बाबू को एक बार देखते जाइएगा, यही मेरी प्रार्थना है।" इतना कहकर उसने फिर मुंह फेर लिया। नरेन्द्र लाठी और अपना बैग लेकर चुपचाप चलता हुआ। रासबिहारी भी उसके पीछे-पीछे गए और उससे तरह-तरह की चाटुकारिता और प्रवंचना की बात एवं अभिनय करने के बाद बोले—"विजया की बीमारी से विलास कैसा घबरा उठा है! और यह स्वाभाविक है। अन्त में सारी ज़िम्मेदारी तो उसीके सिर है। चिकित्सा और चिकित्सक का निश्चय करना भी तो उसीका काम है। उसकी राय के बिना तो कुछ हो नहीं सकता। इसीलिए भैया, विलास के मन की अवस्था की कल्पना

करके तुम बुरा न मानना। मेरा एक अनुरोध और है कि यदि तुम कलकत्ता में रहो तो वैशाख में होनेवाले इनके विवाह में ज़रूर शामिल होना।"

नरेन्द्र के मुंह से कोई बात नहीं निकली, परन्तु सिर हिलाकर उसने अपनी स्वीकृति प्रकट कर दी। रासबिहारी पुलकित होकर बातें करने लगे। अन्त में पूछा—"अब कलकत्ता में ही रहोगे?"

"हां, विलायती ओषधियों की एक दुकान में नौकरी मिल गई है।"

"वेतन क्या है?"

"अभी तो सिर्फ चार सौ मासिक मिलते हैं।"

'चार सौ!' रासबिहारी की आंखें कपार पर चढ़ गई। "अच्छा भैया, सुनकर बड़ी खुशी हुई।"

नरेन्द्र विदा लेकर चला गया। अभी तक उसने न स्नान किया था, न भोजन। सिर पर कड़ी धूप थी और वह खुले मैदान से दिघड़ा गांव की ओर चला जा रहा था। बीच-बीच में उसके मस्तिष्क ने विद्रोह किया कि ऐसी कड़ी धूप में केवल किसीके कहने से वह एक अपरिचित को देखने चला जा रहा है। ऐसा अनुरोध करने का कोई अधिकार विजया को नहीं था; उस अनुरोध को मानकर जाना अपना ही अपमान करना है। परन्तु यह सब सोचकर भी वह लौट न सका; उसके पांव उधर ही बढ़ते गए। यहां तक कि वह अपने पुराने घर के दरवाज़े पर पहुंच गया।

17

एक कागज़ पर नरेन्द्र ने अपना नाम और डाक्टरी की विलायती उपाधियां लिख भेजीं। उसे देखते ही दयाल बाबू संकुचित हो उठे। इतना बड़ा डाक्टर ऐसी धूप में पैदल चलकर उन्हें देखने आया है और

वे उसीको वंचित करके उसके घर में रह रहे हैं, इस लज्जा से वे कैसे मुंह दिखाएंगे, वे सोच भी न सके। इतने में ही एक लम्बा, गोरा, छरहरा युवक उनके सामने आकर उपस्थित हो गया। वे अवाक् होकर उसकी ओर देखने लगे। जान पड़ा कि बीमारी जो और जितनी भारी हो, अब वे बच गए। बीमारी मामूली है, चिन्ता की कोई बात नहीं, यह आश्वासन मिलते ही वे उठ बैठे और विजया स्वयं बीमार होते हुए भी उन्हें नहीं भूली और अनुरोध करके उसने डाक्टर को भेजा है, यह सुनकर कृतज्ञता के आनन्द से दयाल बाबू की आंखों में आंसू भर आए।

आज नरेन्द्र के हृदय में बड़ी ग्लानि थी, किन्तु इस वृद्ध के संतोष, सहृदयता और आन्तरिक पवित्रता के स्पर्श से वह बहुत कुछ दूर हो गई। बातचीत में उसने समझ लिया कि इस बूढ़े ने धर्म के विषय में पढ़ा तो बहुत कम है, किन्तु धर्म के वास्तविक तत्त्व को उसने हृदय में भर लिया है। धर्म के सत्य के प्रति उसकी दृष्टि असाधारण रूप से निर्मल हो गई है।

वृद्ध ने अपने आनन्द में रासबिहारी एवं विलासबिहारी की भी बड़ी प्रशंसा की जिसे सुनकर नरेन्द्र मन ही मन हंसा। उन्होंने आगामी वैसाख में होनेवाले विजया एवं विलास के विवाह का भी जिक्र किया और यह भी बताया कि उस विवाह में उन्हींके आचार्यपद ग्रहण करने की अभिलाषा विजया की है। और विवाह ब्राह्मसमाज का एक आदर्श विवाह होगा। वृद्ध आनन्द से इतने विह्वल हो रहे थे कि उन्होंने यह नहीं देखा कि विवाह की बात से सुननेवाले के मुंह पर स्याही पर स्याही फिरती जा रही है।

नहाने-खाने के लिए बड़ा अनुरोध करके भी दयाल बाबू नरेन्द्र को उसके लिए राज़ी न कर सके और लगभग डेढ़ घण्टे के बाद सच्ची श्रद्धा से प्रणाम करके नरेन्द्र स्टेशन की ओर चल पड़ा। तब उसे स्पष्ट अनुभव हुआ कि दर्द कहां पर है, क्यों उसका सब कुछ इतना अस्त-व्यस्त और उद्भ्रान्त हो उठा है, सारी दुनिया क्यों उसके लिए फीकी

हो गई है। आज तक उसने जीवन में केवल विज्ञान को स्थान दिया था; वह नि:संशय था कि वहां किसी और को कभी स्थान न मिलेगा, किन्तु आज चोट लगने पर उसे मालूम हुआ कि उसका हृदय उससे छिपाकर एक और चीज़ को अन्यन्य भाव से चाहने लगा है, तब व्यथा एवं विस्मय से वह चौंक गया और अपनी ही दृष्टि में मानो छोटा हो गया। अब किसी भी बात का अर्थ समझने में उसे कोई कठिनाई नहीं हुई। जिसने उसका सर्वस्व अपहरण कर लिया, उसीके आगे माइक्रोस्कोप लेकर वह हाथ फैलाने गया; न जाने किस पाप से उसके मन में वह इच्छा उत्पन्न हुई! वह अपने को धिक्कारने लगा। जो निर्लज्ज पुरुष उसी निष्ठुर रमणी के एक सामान्य अनुरोध से सब काम-काज छोड़ इतनी दूर दौड़ा आ सकता है, उसके लिए यह दण्ड उचित ही है। अच्छा किया जो विलास ने उसे अपमानित करके घर से बाहर निकाल दिया।

परन्तु स्टेशन पहुंचते ही उसने देखा कि जो माइक्रोस्कोप इस सारे दुःख की जड़ है, कालीपद उसे लिए हुए स्टेशन पर खड़ा है। कालीपद ने पास आकर कहा—"डाक्टर बाबू! बिटिया रानी ने आपको देने के लिए भेजा है।"

नरेन्द्र ने तीखे स्वर में कहा—"क्यों?"

क्यों का उत्तर कालीपद क्या दे, पर उसे जो टोह लगी थी उसीके प्रकाश में उसने अपनी बुद्धि से उत्तर दिया—"आपने वापस जो मांगा था।"

"मुझे नहीं चाहिए। लौटाने के लिए रुपये मेरे पास नहीं हैं।"

बिटिया रानी दो-चार सौ को कौड़ी बराबर समझती हैं, जब हो तब भेज दीजिएगा।"

"नहीं, नहीं, तू लौटा ले जा। दो सौ के बदले चार सौ मैं न दे सकूंगा।"

"नहीं डाक्टर बाबू! आप लिए जाइए। मैं गाड़ीपर चढ़ाकर जाऊंगा। अच्छी होने पर बिटिया रानी शायद इसके दाम भी आपसे न लें।"

नरेन्द्र को जैसे आग लग गई। उसने बुलाया, उसके विलास ने

अपमान किया, यह कदाचित् उसीका पुरस्कार है।

"जा चला जा मेरे सामने से।" कहकर नरेन्द्र प्लेटफार्म पर दूसरी ओर चला गया। मामला क्या है, यह कालीपद की समझ में कुछ न आया।

गाड़ी आने पर जब नरेन्द्र एक प्रथम श्रेणी के डिब्बे में दूसरी ओर मुंह फिराकर बैठ गया, तब कालीपद ने डिब्बे के निकट आकर पुकारा—"डाक्टर बाबू!" नरेन्द्र ने देखा कि बेचारे का मुंह मलिन हो गया है। इस बेचारे का क्या दोष था जो वह उसपर नाराज़ हुआ, यह सोच इस बार कुछ सदय स्वर में नरेन्द्र ने पूछा—"अब क्या है रे?"

कालीपद ने एक कागज़ का टुकड़ा और पेंसिल निकालकर कहा "जरा इसपर अपना पता लिख दें, बिटिया रानी ने मांगा है।" बिटिया, रानी का शब्द सुनते ही नरेन्द्र अपने को भूल गय। और धमकी देकर बोला—"हट जा सामने से पाजी, बदमाश!"

कालीपद चौंककर दो पग पीछे हट गया। गाड़ी चली गई।

लौटकर कालीपद ने कहा—"नहीं लिया। बाप रे, इतना क्रोध! ठिकाना पूछते ही मारने दौड़े।"

विजया शय्या की पाटी पर सिर रखे शिथिल पड़ी हुई थी। सुन-कर कुछ नहीं बोली।

18

पांच-छः दिनों में ही विजया की बीमारी दूर हो गई, किन्तु शरीर को संभलने में देर लगने लगी। विलास ने अच्छे डाक्टर के द्वारा बल-कारी ओषधि एव पथ्यकी व्यवस्था करने में त्रुटि नहीं की, किन्तु कमज़ोरी बराबर बढ़ती ही जाती थी। उधर फागुन बीत चला, बीच में सिर्फ चैत का महीना रह गया है। वैसाख के प्रथम सप्ताह में ही लड़के का

ब्याह कर देने का संकल्प रासबिहारी ने कर रखा है। किन्तु वर दिन-दिन जैसे पुष्ट एवं कान्तिमान होने लगा है, कन्या उतनी ही दुबली और मलिन होने लगी है, यह देखकर रासबिहारी रोज़ प्रातःकाल आकर एक बार हाल-चाल पूछ जाते थे और अपने मन की चिन्ता भी व्यक्त कर जाते थे। विलास, माइक्रोस्कोप-सम्बन्धी अतिरंजित बातें सुन-सुनकर उत्तेजित होता था, रासबिहारी उसे समझाते थे। परन्तु अब उससे ज़्यादा नहीं सहा गया। किसी छोटी बात पर वह कालीपद के पीछे पड़ गया और अंत में उसको नौकरी से जवाब दे दिया।

डाक्टर की सलाह से विजया सुबह-शाम टहलने जाती थी। उस दिन सुबह उसके लौटते ही कालीपद आकर रोने लगा। उसने कहा कि छोटे बाबू ने उसे जवाब दे दिया है। डाक्टर बाबू के पास बक्स ले जाने की बात उनसे क्यों नहीं कहीं, डाक्टर बाबू को क्यों बुला लाया, इत्यादि अपराध लगाकर उसे गाली दी और निकाल दिया है। विजया ने कहा—"तू जाकर अपना काम कर।"

दयाल बाबू अच्छे होकर आने और अपना काम करने लगे थे। किसी-किसी दिन विजया उनके घर लौटते समय टहलने के लिए उनके साथ हो लेती थी। दयाल बाबू का हृदय नरेन्द्र के प्रति श्रद्धा एवं कृतज्ञता से भर उठा था। वे चाहते थे कि उसीके द्वारा विजया की चिकित्सा कराई जाए। उन्हें भीतरी बातें तो मालूम थीं नहीं।

पांच-छः दिन बाद उन्होंने विजया से कहा—"मैं कालीपद को अपने घर में नहीं रख सकता बेटी।"

"क्यों, उन्होंने आपको मना किया है?"

दयाल बाबू कुछ न बोले। विजया समझ गई। बोली—"उसे मेरे पास भेज दीजिएगा। वह मेरे पिता का नौकर है, मैं उसे जवाब नहीं दे सकती।"

"किन्तु यह तो अच्छा न होगा बेटी! उनकी बात मानना भी तो तुम्हारा कर्तव्य है। कालीपद स्वयं छुट्टी जाना चाहता है। उसे छुट्टी दे दो, कुछ दिन घर रह आवे।"

लम्बी सांस लेकर विजया बोली—"अच्छा ; किन्तु जाने के पूर्व उसे मेरे पास भेज दीजिएगा।" विजया की लम्बी सांस से चकित हो वृद्ध ने देखा कि उसके मुंह पर गहरी घृणा की रेखा है। वे आश्चर्य से अवाक् हो गए।

फिर चार-पांच दिन वे दिखाई नहीं पड़े। आफिस में पता लगाने पर मालूम हुआ कि वहां भी नहीं आए। विजया उनके लिए चिन्तित हो सोच ही रही थी कि किसीको उनके घर भेज समाचार मंगाना चाहिए कि बाहर दयाल बाबू का शब्द सुनाई पड़ा। विजया ने आदरपूर्वक उन्हें बैठक में लाकर बैठाया। मालूम हुआ कि दयाल बाबू की स्त्री चिररुग्णा हैं। एकाएक उनकी बीमारी बढ़ जाने के कारण ही तीन-चार दिन तक उनका आना नहीं हुआ; रसोई भी हाथ से बनानी पड़ती थी। बोले—"मैंने नरेन्द्र बाबू को चिट्ठी लिखी, वे कल तीसरे पहर आकर दवा दे गए। कैसी अद्‌भुत चिकित्सा है कि इतनी ही देर में रोग बारह आने चला गया!"

"रोग क्यों न कम हो, आपका उनपर गहरा विश्वास भी तो है?"

"पर विश्वास भी तो ऐसे ही नहीं हो गया। परीक्षा करके देख लिया है। उनके घर में पांव रखते ही जैसे सब कुछ ठीक हो जाता है।" फिर हंसकर बोले—"वे सिर्फ उसीका इलाज नहीं कर गए, और भी एक आदमी के लिए नुस्खा लिख गए हैं।" इतना कहकर उन्होंने टेबल पर एक कागज रख दिया। विजया ने देखा-उसीके नाम का नुस्खा है। उसके अक्षर आनन्द-बाण की तरह विजया के कलेजे में चुभ गए। चेहरा पहले लाल फिर काला पड़ गया। दयाल बाबू उधर ध्यान न देकर कहते ही गए—"अपने स्वास्थ्य की इस प्रकार उपेक्षा तुम्हें न करने दूंगा, एक बार इस दवा की परीक्षा तुम्हें करनी ही पड़ेगी।"

"किन्तु यह तो अंधकार में ढेला फेंकना है। रोगी को बिना देखे केवल आपके कहने से उन्होंने नुस्खा लिख दिया है।"

"नहीं, नहीं, कल जब तुम अपने बाग का कटघरा पकड़े खड़ी हुई थीं, तब आते समय वे तुम्हें उस हालत में देख गए थे। मैंने उनसे कहा—

वैशाख के दूसरे ही सप्ताह में ब्याह है, पर बिटिया के शरीर में ताकत आ ही नहीं रही है। कोई ऐसी दवा लिख दीजिए···" इसी समय विलास को प्रवेश करते देख उनका वाक्य अधूरा ही रह गया। विलास कुर्सी खींचकर बैठ गया। फिर टेबल पर पड़ा नुस्खा देखकर बोला—"बस, दुनिया में नरेन्द्र ही एक डाक्टर है, इसीसे दवा खाई नहीं जाती, शीशी में पड़ी रहती है, फिर फेंक दी जाती है। पर कलियुग के इस धन्वन्तरि का नुस्खा यहां आया कैसे? क्या किसीने उसे बुलाया था?"

कोई कुछ न बोला। विलास ने दयाल बाबू से कहा—"अभी तो आप खूब लेक्चर दे रहे थे, बाहर से ही मैंने सुना। मैं पूछता हूं, आप कुछ जानते हैं?"

दयाल बाबू विलास से बहुत डरते थे। अस्फुट स्वर में बोले—"जी, मैं लाया हूं।" फिर पूछने पर पूरा हाल बता दिया।

कुछ देर तक चुप बैठे रहने के बाद विलास ने पूछा—"आपसे पिछले साल का हिसाब लिखने को कहा गया था, वह पूरा हो गया?"

दयाल ने विवर्ण मुख से कहा—"दो-एक दिन में पूरा कर दूंगा।"

"अभी तक क्यों नहीं हुआ?"

"घर में बड़ी विपत्ति आ गई थी, खाना भी बनाना पड़ता था, आ ही न सका।"

विलास कुत्सित कटु स्वर में दयाल की नकल करके बोला—"आ ही न सका! तब और क्या, हम तो नवाब हैं (जब मन में आया आए या न पाए)। मैंने पिताजी से पहले ही कहा था कि इन सब बुड्ढे भूतों से हमारा काम नहीं चल सकता।"

इतनी देर बाद विजया ने मुंह फिराकर देखा। उसका मुख प्रशांत और गंभीर है, परन्तु दोनों आंखों से मानो आग निकल रही है। कठोर स्वर में बोली—"दयाल बाबू को यहां कौन लाया है, जानते हैं? आपके पिता नहीं, मैं।"

विलास सहम गया। विजया का ऐसा कण्ठ-स्वर उसने कभी नहीं सुना, ऐसी दृष्टि कभी नहीं देखी। क्षण-भर चुप रहने के बाद बोला—

"कौन लाया, यह जानने की मुझे ज़रूरत नहीं। मैं काम चाहता हूं, काम के साथ ही मेरा सम्बन्ध है।"

"जिनके घर में मुसीबत है वे किस तरह काम पर आ सकते हैं?"

"इस तरह तो सभी लोग मुसीबत की दुहाई दिया करते हैं; उसे मान लेने पर तो काम ही नहीं चल सकता। मैंने जरूरी काम का आदेश दिया था, वह क्यों नहीं हुआ, इतनी ही कैफियत चाहिए। मुसीबत की खबर मैं नहीं सुनना चाहता।"

विजया के दोनों होंठ कांपने लगे। बोली—"सभी झूठे नहीं होते। सभी मुसीबत की दुहाई नहीं देते। कम से कम मंदिर का आचार्य नहीं देता। जो हो, किन्तु मैं आपसे ही पूछती हूं कि जब आप जानते थे कि काम ज़रूरी है और उसे होना ही चाहिए, तब उसे आपने पूरा करके क्यों नहीं रखा? आप क्यों चार दिन काम से गैरहाज़िर रहे? क्या मुसीबत आपपर आ पड़ी थी, सुनूं तो?"

विलास ने हतबुद्धि की भांति कहा—"मैं खुद हिसाब रखूं? मैं गैरहाज़िर क्यों हुआ?"

"हां, यही। आप हर महीने दो सौ रुपये लेते हैं। वे रुपये मैं आपको फोकट में नहीं देती, काम करने के लिए ही देती हूं।"

विलास ने यंत्रवत् कहा—"मैं क्या तुम्हारा नौकर हूं? तुम्हारा अमला हूं?"

असह्य क्रोध से विजया का हिताहित-ज्ञान लुप्त हो गया था। उसने बड़े तेज़ स्वर में कहा—"काम करने के लिए जिसे मासिक वृत्ति देनी पड़ती हो, उसे इसके सिवा और क्या कहते हैं? आपके असंख्य उत्पात मैं चुपचाप सहती आई ; परन्तु जितना सहती गई, उतना ही अन्याय-उपद्रव बढ़ता गया। जाइए, नीचे जाइए। मालिक-नौकर के सम्बन्ध के अलावा और कोई सम्बन्ध मेरे-आपके बीच नहीं रहेगा। जिस नियम से मेरे और कर्मचारी काम करते हैं, ठीक उसी नियम से काम कर सकें तो करें, नहीं तो मैं आपको अलग करती हूं। मेरे कार्यालय में आने की चेष्टा न कीजिएगा।"

विलास उछलकर बोला—"तुम्हारा इतना साहस!"

"दुस्साहस मेरा नहीं, आपका है। मेरी इस्टेट में ही नौकरी करके आप मेरे ही ऊपर अत्याचार करेंगे? मुझे 'तुम' कहने का अधिकार किसने आपको दिया? मेरे नौकर को मेरे ही घर में अलग करने को, मेरे अतिथि को मेरे सामने ही अपमानित करने इत्यादि की स्पर्धा आपके अन्दर कैसे पैदा हो गई?"

विलास क्रोध से उन्मत्त होकर चीत्कार करता हुआ बोला—"अतिथि के बाप ने बड़ा पुन्य किया था कि मैंने उस दिन उसपर हाथ नहीं छोड़ा-उसका एक हाथ तोड़ नहीं दिया। बदमाश, मक्कार, हरामी, बेईमान कहीं का। अब देख पाया···"

चीत्कार सुनकर कन्हैयासिंह आ गया। दरवाज़े पर उसकी झलक देखते ही विजया ने अपने स्वर को कुछ मुलायम करके कहा—"यह आपका सौभाग्य है जो आपने उनपर हाथ नहीं छोड़ा। हाथ छोड़ने पर भी शायद वे एक बीमार स्त्री के घर में झगड़ा न करते। पर मेरी चेतावनी गांठ बांध लें कि कभी उनपर हाथ छोड़ने का शौक हो तो पीछे से हमला कीजिएगा या फिर अपने जैसे पांच-सात आदमी और लेकर जाइएगा। शोर सुनकर नौकर तक आ गए हैं ; बस आप जाइए, जाइए।"

इतना कहकर वह खुद चली गई।

19

लड़के के मुंह से सब बात सुनकर क्रोध, विरक्ति और आशाभंग के दारुण क्षोभ से रासबिहारी का ब्रह्मज्ञान एक मूहूर्त में नष्ट हो गया। वे कटु स्वर में बोले—"हिन्दू जो हमें छोटी जाति के कहते हैं, वह कुछ गलत थोड़े ही है। ब्राह्म हों, चाहे जो हों, पर आखिर तो कैवर्त

(मल्लाह) ही हैं न? यदि ब्राह्मण-कायस्थ का लड़का होता तो भद्रता सीखता; किस बात से बुरा-भला होता है, किससे नहीं, यह समझता। जाओ, हल-बैल लेकर अपना कुल-कर्म करो। उठते-बैठते तुझे सुग्गे की तरह पढ़ाया कि यह काम (ब्याह) तो अच्छी तरह निपट जाने दो, फिर जो इच्छा हो करना; किन्तु तुझे सबर नहीं हुआ, तू उसे दबाने गया। वह है राय-वंश की लड़की, हरिराय की नातिनी, जिसके भय से गाय और शेर एक घाट पानी पीते थे। तू उसीको नकेल डालने गया? मूर्ख! इज़्ज़त-आबरू गई, इतनी बड़ी ज़मींदारी की आशा गई, दो सौ रुपये महीने की आमदनी गई। जा, भाग जा मेरे सामने से हत-भाग्य, पाजी, शैतान!" कहकर वे अपने कमरे में चले गए। पर भयंकर उत्तेजना में भी अपना काम साधना वे जानते थे। उस दिन विजया को शांत होने का अवसर देकर दूसरे दिन अपनी अविचलित शांति लेकर उन्होंने विजया की बैठक में प्रवेश किया और एक कुर्सी खींचकर उसपर बैठ गए।

उधर विजया की क्रोधोन्मत्तता भी धीरे-धीरे शांत हो गई थी। वह अपनी असंयत रूढ़ता एवं निर्लज्ज प्रगल्भता याद करके लज्जा से मरी जा रही थी—घर के नौकर-चाकरों के सामने ज़ोर से चिल्लाकर एक नाटक का अभिनय-सा कर बैठी। वह गांव-भर की चर्चा का विषय बन चुका होगा, यह सोचकर वह घर के बाहर तक न निकल पाती थी। यह सोचकर उसकी लज्जा बहुत बढ़ गई थी कि आज जिसे सबके सामने नौकर कहकर लांछित किया है, दो दिन बाद स्वामी कहकर उसीके गले मे वरमाला डालनी होगी।

इसीसे रासबिहारी के आकर कुर्सी पर बैठ जाने पर भी विजया सिर उठाकर उनकी ओर देख नहीं सकी। रासबिहारी ने लम्बी सांस छोड़कर कहा—"बेटी विजया, यह घटना सुनकर मुझे जो आनन्द हुआ उसे कहने मैं कल ही आता, पर अजीर्ण के पुराने रोग के कारण कल खाट से उठ ही न सका। दीर्घजीवी हो बेटी! मैं यही तो चाहता हूं। उस सर्व-शक्तिमान मंगलमय के निकट यही प्रार्थना करता हूं कि वह मुझे धर्म

एवं न्याय में अविचलित श्रद्धा रखने की शक्ति दे।" इतना कह उन्होंने आंख मूंद ईश्वर को प्रणाम किया। फिर बोले—"बार-बार सोचने पर भी मुझे समझ में नहीं आता कि मुझ जैसे भोले-भाले आदमी का पुत्र होकर विलास कैसे इतना पक्का कामकाजी हो गया। यह भी ईश्वर की लीला है बेटी। पर किसी भी बात की 'अति' अच्छी नहीं होती। माना कर्तव्य में लापरवाही उसके हृदय में शूल-सी चुभती है, किन्तु क्या इसी कारण किसीके सम्मान का विचार ही न करना चाहिए? मानता हूं कि अपराध छोटे-बड़े सबके लिए समान है, काम न करना भी दोष है और बिना सूचना के अनुपस्थित हो जाना और भी बड़ा दोष है, आफिस का अनुशासन तोड़ना अफसर के लिए भी अपराध है; पर बुड्ढे दयाल बाबू के बारे में उतनी कठोरता से काम लेना उचित नहीं माना जा सकता। काम दो दिन बाद ही हो जाता, दस रुपये की हानि ही हो जाती। उसके लिए क्या मानवीय दुर्बलता को क्षमा न करना ठीक है? मैं विलास को समझता हूं, उसे हर समय यही चिन्ता रहती है कि किस तरह तुम्हारी ज़मींदारी की कोई हानि न हो, किन्तु सम्पत्ति की उन्नति में ज़रा भी व्याघात पहुंचते ही धैर्य खो देना भी बुरा है, इसलिए उस निराकार के चरण-कमलों में बार-बार नमस्कार करता हूं कि बेटी! तुमने उसे उस दिन जो दण्ड दिया है, उसीसे भविष्य के लिए वह सचेत हो जाए।"

विजया कुछ बोल न सकी। रासबिहारी कुछ देर मानो अपने हृदय में ही डूबे रहकर बोले—"मेरी दो संतानों में एक प्रचण्ड कर्मी है और दूसरी के हृदय में स्नेह-ममता-करुणा का झरना बहता है। एक को जैसे काम-काज का उन्माद है, वैसे ही दूसरी दया-माया से पागल है। मैं कल से स्तब्ध होकर सोच रहा हूं कि जब भगवान इन दोनों की जोड़ी मिलाकर अपना रथ चलाएंगे, तब इस दुख के संसार में न जाने किस स्वर्ग की सृष्टि होगी। भगवान वह शुभ दिन देखने के लिए मुझे जीवित रखें। फिर यह भी कैसे आश्चर्य की बात है कि धर्म के ऊपर विलास का असाधारण अनुराग है! मन्दिर की स्थापना के लिए उसने

निरन्तर कैसा कठोर परिश्रम किया है! ब्राह्मधर्म को ही उसने अपने जीवन का लक्ष्य बना लिया है, जैसे इसके सिवा और कुछ जानता ही नहीं।···पर मैं भी कैसा हूं कि तुम्हींको यह सब बता रहा हूं, जैसे तुम मुझसे कम उसे पहचानती हो या कुछ कम कल्याण चाहनेवाली हो! मैं जानता हूं बेटी! तुम्हारे सिवा कौन उसे ऐसा कह सकता है! तुम तो उसके धर्म, अर्थ, काम, मोक्ष की संगिनी हो; उसका समाज-कल्याण तुम्हारे ही हाथ में तो है। उसकी शक्ति और तुम्हारी बुद्धि। वह बोझ लादकर चलेगा, तुम रास्ता दिखाओगी। तभी तो तुम दोनों का जीवन मिलकर सार्थक होगा बेटी। मैं आज दिव्यदृष्टि से प्रत्यक्ष देख रहा हूं कि अब जीवन के मार्ग में विलास के लिए कोई भय नहीं। पर इतना ज़रूर पूछूंगा कि इस छोटी अवस्था में ही इतनी चिंतना, इतनी जानकारी और भावी जीवन को सफल बनाने की ऐसी अव्यर्थ बुद्धि तुमने कहां छिपा रखी थी? मैं तो उसे देखकर स्तब्ध रह गया।" विजया का मन इस चाटुकारिता से चंचल हो उठा, पर वह चुप ही बैठी रही। एकाएक घड़ी की ओर देख रासबिहारी बोल उठे—"ओह, दस बज गए! अब ज़रा दयाल की स्त्री को देखने जाऊंगा।"

विजया ने धीरे से पूछा—"वे अब कैसी हैं?"

"अच्छी ही हैं। पर असली बात तो तुमसे कही ही नहीं। तुम्हें अपने बूढ़े काका का एक अनुरोध रखना ही होगा बेटी! बोलो, रखोगी?"

विजया ने अस्फुट स्वर में कहा—"कहिए।"

रासबिहारी ने कहा—"उसने खाना-सोना ही नहीं छोड़ दिया है, अनुताप की आग में भी जला जा रहा है, फिर भी तुम्हें ज़रा कठोर होना होगा। कल तो अभिमानवश वह नहीं आया, परन्तु आज वह रह न सकेगा, आएगा ही। किन्तु क्षमा चाहने-मात्र से तुम माफ कर दो, यह नहीं होगा। अन्याय का जो दण्ड तुमने उसे दिया है, वह कम से कम एक दिन तो वह और भोगे। तुम्हें स्वयं ही कितना कष्ट हो रहा है, क्या मैं इसे जानता नहीं? तुम मेरी ही तो बेटी हो। बल्कि तुम उससे भी अधिक

कष्ट पा रही हो, फिर भी इस गहरे दुःख को एक दिन और सहन किए बिना वह दोषमुक्त न होगा। आज उससे भेंट न करो, वह असफल होकर लौट जाए। यह यंत्रणा और कुछ समय तक उसे भोगने दो। बस, मेरा यही अनुरोध है बेटी!"

रासबिहारी के चले जाने पर भी विजया विस्मय से अवाक् बैठी रही। रासबिहारी से ऐसी बातें सुनने की उसे आशा न थी, इसके ठीक विपरीत सुनने की आशा उसने कर रखी थी। अब हृदय का सारा बोझ उतर गया। उसके मन में आया कि इस वृद्ध की भावना को न समझकर उसने ही उनके साथ अन्याय किया है। मन ही मन बोली—'मेरा ख्याल गलत था। अपने अपराधी पुत्र को भी तो क्षमा नहीं किया, बल्कि उसे और दण्ड देने का अनुरोध कर गए!'

एक बात और है। वृद्ध की सारी बातचीत में एक बात जो कही न जाकर भी सबसे अधिक स्पष्ट हो उठी, वह है विजया पर विलास का उत्कट प्रेम और उसीके अवश्यम्भावी फल ईर्ष्या के कारण विलास उत्तेजित हो गया था। विजया का मन पिता-पुत्र से दूर हट गया था, परन्तु आज उन्हें स्वजन और हितैषी मानकर वह चिन्तामुक्त हो गई।

20

इस बीच दयाल बाबू विजया के घर नहीं आए। वे आफिस में आते हैं या नहीं, यह भी संकोचवश विजया ने किसीसे नहीं पूछा। जहां तक विलास का सम्बन्ध है, किसीसे बिना पूछे ही उसने मान लिया था कि वह आफिस नहीं आता। रासबिहारी भी कई दिन से नहीं आए, बीच में एक दिन ज़रा देर के लिए आए थे और बीमारी का हाल-चाल पूछकर चले गए थे। विजया को लगा कि उस दिन पुत्र के बारे में बात करते समय जो भाव उन्होंने व्यक्त किए थे, वे अवश्य बदल गए

हैं। इससे उसमें एक प्रकार की बेचनी पैदा हो गई थी और अशान्ति तथा अतृप्ति में ही उसके दिन बीत रहे थे।

आज तीसरे पहर विजया ज़रा नदी के पास तक घूम आने के लिए घर से बाहर निकली ही थी कि वृद्ध नायब बहीखाता लिए आ गए। बोले—"थोड़ा-सा काम था। गत वर्ष का सब हिसाब तैयार है। इसे देखकर, जांचकर, हस्ताक्षर करना है। छोटे बाबू ने यह भी हुक्म दिया है कि इस साल के दैनिक जमा-खर्च में भी आपके ही हस्ताक्षर कराए जाएं।" विजया ने विस्मय से कहा—"अच्छा!" फिर लौटकर बाहर की बैठक में बैठ गई। नायब ने टेबल पर खाते फैला दिए। विजया ने पूछा—"छोटे बाबू ने यह हुक्म कब दिया था?"

"आज सवेरे।"

"आज सवेरे क्या वे आए थे?"

"वे तो रोज़ ही आते हैं।"

"इस समय हैं?"

"नहीं, अभी-अभी घर गए हैं।"

नायब से विजया को यह भी मालूम हुआ कि विलासबिहारी ठीक ग्यारह बजे आता है, किसीसे ज़्यादा बोलता-चालता नहीं है ; मन लगाकर पांच बजे तक काम करता है, फिर घर लौट जाता है। दयाल बाबू को तब तक के लिए छुट्टी दे दी गई है, जब तक उनकी स्त्री पूरी तरह अच्छी नहीं हो जाती। विजया लाज से सिर झुकाए सुनती रही। वह समझ गई कि विलास ने दारुण अभिमानवश ही यह नया हुक्म दिया है। पर नायब से वह यह न कह सकी कि जिसके हस्ताक्षर से अब तक काम चलता रहा है, उसीके हस्ताक्षर से आगे भी चलाया जाए; इतना ही कहा— "आज इन्हें रख जाइए। कल आकर मुझसे हस्ताक्षर करा ले जाइएगा।"

नायब के चले जाने पर भी विजया उसी तरह स्तब्ध बैठी रही। बाहर दिन का प्रकाश कम होता गया और पड़ोसियों के घरों से उठने-वाले शंख के शब्द से संध्या का शांत आकाश चंचल हो उठा। परन्तु

उसके वहां से उठने का कोई लक्षण नहीं दिखाई पड़ा। न जाने और कितनी देर बैठी रहती कि बैरा रोशनी रखने कमरे में आया और मालकिन को इस तरह अंधेरे में अकेले बैठे देख चौंक पड़ा। विजया लज्जित होकर उठ खड़ी हुई और बाहर आते ही जो कुछ देखा वह उसकी सुदूर कल्पना में भी नहीं आ सकता था। वह व्यक्ति क्या फिर किसी भी कारण से इसी घर में पांव रख सकता है? परन्तु उस झुटपुटे में भी स्पष्ट दिखाई पड़ा कि वही व्यक्ति साहबी वेश में हैटसमेत अपना साढ़े छः फुट का शरीर लिए फाटक में प्रवेश कर चुका है और तेजी से पांव रखता चला आ रहा है। उसकी आनन्द की अपरिमित दीप्त रेखा को आकाश-पाताल एक करनेवाली निराशा के अंधकार ने पलक मारते ही डुबा दिया। विजया को लगा कि इस आदमी की अभ्यर्थना कर बिठाना बड़ा अन्याय होगा, पर उपेक्षा कर उसे विदा कर देना भी संभव न जान पड़ा। वह मुड़कर कमरे में आ गई। कुछ क्षणों में ही बैठक में नरेन्द्र ने प्रवेश करके नमस्कार किया और टोप तथा सोटा टेबल पर रखते हुए कहा—"देख रहा हूं, मेरी दवा का चमत्कारी प्रभाव हुआ है। वाह!"

क्षण-भर पहले ही विजया ने मन में सोचा था कि आज आंख उठाकर उनकी ओर न देख सकेंगी, न कोई बात उसके मुंह से निकलेगी, किंतु आश्चर्य है कि इस आदमी का कण्ठ-स्वर सुनते ही उसका संकोच ही नहीं, हृदय का सारा अंधकार भी न जाने कहां उड़ गया। उसके हृदय के किसी अज्ञात कोने में सुर में सधी हुई वीणा के तारों में मानो किसीने ऊंगली फेर दी। विजया बोल उठी—"यह आपने कैसे जाना? मुझे देखकर या किसीसे सुनकर?"

"सुनकर। क्या आपने दयाल बाबू से सुना नहीं कि मेरी दवा खानी तक नहीं पड़ती, सिर्फ प्रेसक्रिप्शन (नुस्खे) को एक बार देखकर उसे फाड़ फेंकने से भी आधा रोग दूर हो जाता है?" कहकर उसने अपने अट्टहास से घर को कंपा दिया।

विजया ने समझा कि दयाल के मुख से सब घटना सुनकर नरेन्द्र

व्यंग्य करने आए हैं, इसलिए नाखुश होकर बोली—"इसीसे इतने खुश हो रहे हैं?"

नरेन्द्र का मुंह गम्भीर हो गया। कहा—"खुशी हुई है? ज़रा भी नहीं। हां, इतना मंजूर करता हूं कि पहले सुनकर कुछ आमोद-सा हुआ था, किन्तु उसके बाद ही सचमुच बड़ा दुःखी हुआ। विलास बाबू का मिज़ाज उतना अच्छा नहीं है और वे अकारण ही जिस-तिसका अपमान कर बैठते हैं; किन्तु उससे आप भी असहिष्णु होकर अपमानजनक बातें करें, यह भी ठीक नहीं है। सुनकर सचमुच मुझे दुःख हुआ। मेरे कारण आप लोगों के बीच ऐसी अप्रीतिकर घटना घटित···"

इस आदमी के हृदय की पवित्रता पर विजया मन ही मन मुग्ध हो गई, किन्तु परिहास के ही स्वर में कहा—"किन्तु दूसरी ओर हंसी भी रोक नहीं पा रहा रहे हैं।" कहकर स्वयं भी हंस पड़ी।

इस बार बहुत ही गंभीर होकर नरेन्द्र ने कहा—"आप मन में ऐसा बार-बार क्यों सोचती हैं? सचमुच ही मुझे बड़ा दुःख हुआ है। किन्तु उस समय मैं आप लोगों के सम्बन्ध के विषय में कुछ जानता नहीं था। उसी दिन नीचे उसके पिता ने मुझसे कहा—ईर्ष्या ही इसका कारण है। दयाल बाबू ने भी कल यही कहा। सुनकर मुझे इतनी लज्जा हुई कि कह नहीं सकता। मेरी समझ में नहीं आया कि ईर्ष्या करने योग्य मुझमें क्या है! ब्राह्मसमाज की स्त्रियां मौका पड़ने पर सबसे बातचीत करती हैं। इसमें विलास बाबू को ऐसा क्या देख पड़ा? मुझे तो कुछ नहीं देख पड़ता। जो हो, मैं अपनी ओर से अभी से आप लोगों का अभिनन्दन करता हूं—आप लोग सुखी हों।" विजया की आंखों में आंसू आ गए, उसने मुंह फिराकर किसी तरह रुलाई के वेग को संभाला।

"अच्छा, उस दिन आपने कालीपद के हाथ स्टेशन पर माइक्रोस्कोप क्यों भेज दिया था?"

विजया ने रुद्ध स्वर को ठीक करके कहा—"आपने ही तो अपनी चीज़ वापस मांगी थी।"

"वह तो ठीक, पर दाम की बात तो उसे कुछ बताई न थी।"

"नहीं। ज्वर के वेग में मुझसे भूल हो गई थी, किन्तु उस भूल का दण्ड भी आपने मुझे कम नहीं दिया।"

नरेन्द्र ने लज्जित होकर कहा—"किन्तु कालीपद तो कहता था···"

विजया बीच में ही बोल उठी—"वह सब मैं सुन चुकी हूं; किन्तु वह कुछ भी कहे, आपको उपहार देने की स्पर्धा मैं करूंगी, ऐसी बात पर आपने कैसे विश्वास कर लिया? और कर ही लिया था तो उसका दण्ड अपने ही हाथों से क्यों नहीं दिया? क्यों नौकर के सामने मेरा अपमान किया? मैंने आपका क्या अपराध किया था?" कहते-कहते उसका गला रुंध गया।

नरेन्द्र ने लज्जित एवं आश्चर्यचकित होकर विजया के मुंह की ओर देखा। वह सिर फिराकर खिड़की से बाहर की ओर देख रही थी ; इसलिए मुंह तो दिखाई नहीं पड़ा, दिखाई पड़ी गले में पड़ी हीरे की माला, जिससे दीपक के आलोक में किरणें फूट रही थीं। दोनों कुछ देर मौन रहे। फिर नरेन्द्र ने कुण्ठित स्वर में धीरे-धीरे कहा—"मैंने ठीक नहीं किया, यह तो मैं उसी समय समझ गया था, किन्तु ट्रेन चल चुकी थी। कालीपद का दोष क्या था? उसपर क्रोध करना मेरे लिए किसी तरह उचित नहीं था। यह ईर्ष्या कितनी बुरी चीज़ है, अब अच्छी तरह समझ गया हूं। इस समय तो मैं समझता हूं कि मुझसे विलास बाबू की ईर्ष्या उनका भारी भ्रम है, किन्तु आप सुनकर ताज्जुब करेंगी कि उस समय मुझसे भी बड़ी भूल हुई थी। मेरे अपमान से आपको क्लेश हुआ था, नीचे जाने पर रासबिहारी बाबू ने भी अपने लड़के की ईर्ष्या की बात-बता कर मुझसे बुरा न मानने को कहा। इन सब बातों से मैंने समझ लिया कि इस ईर्ष्या का कुछ कारण ज़रूर है। उसके बाद रात-दिन आपकी ही बातें सोचने लगा। किसी प्रकार आपका ध्यान हृदय से दूर नहीं होता था, काम-काज कुछ न कर पाता था। दो-तीन दिन तो आपको देखने के लिए पागल की तरह इस रास्ते से आया-गया भी। कई दिनों तक वह भूत मेरे सिर सवार रहा।" कहकर वह हंसने लगा।

विजया कुछ बोल न सकी। उठकर बगल के कमरे में चली गई। नरेन्द्र की हंसी गायब हो गई। उसने सोचा, इस बार और न जाने क्या अपराध हो गया। वह चुपचाप स्तब्ध होकर बैठा रहा। थोड़ी देर बाद बैरे ने आकर कहा—"आप जाइएगा नहीं, मांजी ने आपको बैठने को कहा है।"

पांच मिनट बाद अपने हाथ में भोजन की थाली लिए विजया ने कमरे में प्रवेश किया। उसके पीछे-पीछे चाय का सामान लिए नौकर भी था। डाक्टर की सतर्क आंखों से छिपा न रहा कि विजया के मुंह पर रोने की छाप है।

नौकर के जाते ही नरेन्द्र थाली खींचकर भोजन करने लगा। मौन के भार को और न सह सकने के कारण विजया ने पूछा—"आपने उस भूत की बात तो पूरी की नहीं! अब तो वह उतर गया न?"

"हां।"

"चलो, झंझट मिटी, जान बच गई, नहीं तो वह न जाने कब तक आपको तंग करता!"

नरेन्द्र ने भोजन और चाय समाप्त कर जेब से घड़ी निकालकर देखी, फिर बोला—"बस, दस मिनट रह गए। चलता हूं।"

"क्या कलकत्ता के लिए यही अन्तिम गाड़ी है?"

"नहीं, एक ट्रेन और है, पर उसमें अभी डेढ़ घण्टे की देर है। अच्छा नमस्कार।" कहकर नरेन्द्र तेजी के साथ चला गया।

21

विलास समय पर आफिस पाता, अपना काम करता और चुपचाप चला जाता था। बहुत ज़रूरी होने पर आदमी भेजकर विजया की राय ले लेता था, किन्तु स्वयं नहीं आता था। विजया समझ गई कि बिना

बुलाए वह अब नहीं आएगा। उसके आचरण में क्रोध के स्थान पर अनुताप और आहत अभिमान प्रकट होने से विजया का क्रोध भी खत्म हो गया था। उसे यह सोचकर बड़ी शर्म आती थी कि न जाने कितने लोग इस बात को लेकर हंस रहे होंगे। अब तक विलास को लोग मालिक समझते थे, अब उसने अपने आचरण से लोगों के सामने उसे कितना छोटा बना दिया है! इन बातों के कारण उसका हृदय बड़ा व्यथित था और अब चाहती थी कि किसी तरह उस घटना की छाप बिलकुल मिट जाए। उसकी इसी मनोदशा में एक दिन तीसरे पहर एक चपरासी ने आकर कहा कि विलास बाबू आपसे मिलना चाहते हैं।

बात अप्रत्याशित थी। विजया ने कहा—"भेज दो।" विलास के आते ही उसने खड़े होकर नमस्कार किया और बोली—"आइए।"

"मैं अधिक व्यस्त होने के कारण न आ सका। तुम्हारी तबीयत तो अच्छी है न?"

"विजया ने सिर हिलाकर कहा—"हां।"

"कल नये साल का पहला दिन है। मैं चाहता हूं कि कल लोगों को एकत्र करके कुछ देर यहां, तुम्हारे घर पर, भजन-कीर्तन हो।"

"बड़ी अच्छी बात है। ज़रा घर को फूल-मालाओं से सजा भी दिया जाए और नये साल का पहला दिन है, इसलिए कुछ खाने-पीने का भी प्रबन्ध हो तो अच्छा रहेगा।"

विलास ने हार्दिक समर्थन किया। कुछ और बातचीत के बाद वह चला गया। जो आत्मग्लानि और पीड़ा विजया को इतने दिनों से दुःख दे रही थी वह दूर हो गई। उसने अनुभव किया कि विलास दुबला और रोगी-सा हो गया है और अपमान-अनुताप ने उसकी प्रकृति को बदल दिया है। विलास उसे जी-जान से चाहता है, यह बात बहुत तरह से बहुत बार उसके सामने कही गई है, परन्तु एक घड़ी के लिए भी विजया के अन्तःकरण में उसकी प्रतिध्वनि नहीं हुई, बल्कि संध्या के एकान्त में उसका हृदय धीरे-धीरे एक और ही आदमी के पास जाकर बैठ जाता है। वह आदमी अपटु और निरुपाय है। विपत्ति के दिनों में

उससे कुछ भी सहायता न मिलेगी, फिर भी उसी निकम्मे आदमी का बोझ जीवन-भर के लिए जैसे उसने लाद लिया है, यह सोचकर उसके हृदय में प्रसन्नता की लहर दौड़ जाती है। परन्तु आज उसने मन में समझा है कि विलास का जो रूप ऊपर से दिखाई पड़ा है, वह उसका यथार्थ रूप नहीं है। प्यार के अपराध में ही उसे यह दण्ड मिला है। इसलिए उसकी करुण ममता ने उसे आज क्षमा कर दिया। दूसरे दिन सुबह उठते ही उसे नीचे काम-काज की हलचल सुनाई पड़ी। तैयार होकर वह जल्दी-जल्दी नीचे गई तो देखा कि विलास नौकरों के साथ काम में जुटा है। बोली—"मुझे क्यों न बुला लिया?"

विलास ने स्नेह-भरे स्वर में कहा— "आवश्यकता क्या थी?"

विजया मुस्कराकर बोली—"मैं शायद बिलकुल अकर्मण्य हूं। अच्छा बताइए, मैं क्या करूं?"।

आज बहुत दिनों बाद विलास हंसा, बोला—"तुम बस यह देखो कि हमारे काम में कहीं कोई भूल तो नहीं हो रही है?"

"अच्छा।" कहकर वह एक कोच पर बैठकर देखने लगी। आठ बजे तक सब तैयारी हो गई और परस्पर बातचीत के कारण दोनों के बीच विरोध या ग्लानि का नाम भी न रह गया। बड़ी तैयारी देखकर विजया ने कहा—"आदमी तो थोड़े हैं पर तैयारी इतनी ज़्यादा है, क्यों?" विलास ने कहा—"बाबूजी ने अपने कुछ इष्टमित्रों को भी बुलाया है।" विजया बोली—"काकाजी ने मुझसे तो कुछ नहीं कहा?"

"बाबूजी की चिट्ठी तुम्हें नहीं मिली? जान पड़ता है, लिखकर वे भेजना भूल गए होंगे।" विजया ने और कुछ नहीं पूछा, परन्तु उसके मन में सन्देह ने घर कर लिया।

थोड़ी देर बाद लोग आने लगे। रासबिहारी ने बड़े सम्मान के साथ सबका स्वागत किया और जो अपरिचित थे उनसे विजया का परिचय कराया। थोड़ी देर बाद कुछ दूरी पर दयाल बाबू आते दिखाई पड़े। किन्तु आज वे अकेले नहीं थे, एक सुन्दर लड़की भी साथ थी। आने

पर उन्होंने बताया कि वह उनकी भांजी नलिनी है। कलकत्ता में बी० ए० में पढ़ती है। मामी की बीमारी का समाचार पाकर आई है और अब गर्मियों की छुट्टी तक यहीं रहेगी। विजया को लगा, जैसे इतने बड़े समाज में उसे एकमात्र अंतरंग सखी मिल गई हो। उसने बढ़कर नलिनी को कलेजे से लगा लिया, और अपने पास ही बिठा लिया। दोनों में बातें करते-करते प्रगाढ़ स्नेह हो गया।

उपासना साढ़े नौ में शुरू होनेवाली थी। अभी उसमें कुछ विलंब था, इसलिए लोग बरामदे में इधर-उधर खड़े बातें कर रहे थे कि रास-बिहारी ने कहा—"आओ भैया, आओ। अपने व्यस्त जीवन के बीच तुम समय निकालकर आ सकोगे, यह आशा मुझे नहीं थी।" सिर उठाते ही नरेन्द्र को देख विजया सहसा अपनी आंखों पर विश्वास न कर सकी। नलिनी ने कहा—"नरेन्द्र बाबू हैं।" रासबिहारी ने नरेन्द्र को निमंत्रण दिया और उनका अनुरोध मानकर वे यहां आए, यह घटना ऐसी अनहोनी थी कि विजया की समस्त चिंताशक्ति ही अस्त-व्यस्त हो गई। उससे सिर उठाकर उस ओर देखा न गया, किन्तु विलास की अभ्यर्थना के शब्द उसे स्पष्ट सुनाई पड़े। रासबिहारी नरेन्द्र एवं विलास दोनों को लेकर वहां आ गए जहां और लोग थे और बोले—"तुम दोनों अपने-अपने पिता के सम्बन्ध से भाई-भाई हो। विलास! वनमाली गए, जगदीश गए, अब मेरे जाने की बारी है। इस दुनिया में हम तीनों मित्रों के केवल शरीर अलग-अलग थे। नववर्ष के इस पवित्र दिन मैं तुम दोनों से इतना ही अनुरोध करना चाहता हूं कि तुम्हारे विच्छेद से हमारी वृद्धावस्था अंधकारमयी न हो।"

नरेन्द्र से रहा नहीं गया। उसने विलास का हाथ अपने हाथ में लेकर कहा—"विलास बाबू! आप मेरे सब अपराध क्षमा करें।" विलास ने नरेन्द्र को छाती से लगाकर कहा—"अपराध तो मेरा है नरेन्द्र! मुझे क्षमा करो भैया!"

रासबिहारी ने आंखें मूंदकर कहा—"इस शुभ मुहूर्त में मैं आशी-र्वाद देता हूं कि तुम दोनों का जीवन सुखमय हो। मेरे लिए बड़े आनन्द

का दिन है। आज मेरी सारी व्यथा दूर हो गई।"

जब सब लोग यथास्थान बैठ गए, तब दयाल बाबू ने उठकर कहा—"जहां विरुद्ध हृदयों का सम्मिलन होता है, वहां ही भगवान विराजते हैं। अतः आज यहां भगवान के आविर्भाव के विषय में ज़रा भी सन्देह नहीं।" इसके बाद उन्होंने पन्द्रह मिनट तक सुन्दर व्याख्यान दिया। उनकी आन्तरिक भक्ति एवं निष्कपट विश्वास के कारण सभी-पर उसका बड़ा अच्छा प्रभाव पड़ा। रासबिहारी की बंद आंखों से तो आंसू बह रहे थे। उपासना समाप्त हो जाने पर भी वे उसी तरह बैठे रहे। यह भी नहीं जान पड़ता था कि वे अचेत हैं या होश में हैं।

थोड़ी देर बाद उन्होंने आंखें खोली और उठकर दयाल बाबू को गले से लगा लिया। फिर कम्पित कण्ठ से बोले—"भाई! यह सब तुम्हारे ही आशीर्वाद का शुभ फल है।" फिर अभ्यागतों की ओर घूम-कर कहा—"आज की पवित्र घड़ी में आप लोगों से एक और आशी-र्वाद की भिक्षा मांगता हूं। वनमाली भैया आज जीवित होते तो वही अपनी कन्या के विवाह की सूचना आपको देते, किन्तु उनके न रहने के कारण वह कर्तव्य-भार मुझपर आ पड़ा है। इस समय मैं ही वर-कन्या दोनों का पिता हूं। मैंने इसी मास की पूर्णिमा को विवाह की तिथि निश्चित की है। आप लोग आशीर्वाद दें कि वह सब कार्य निर्विघ्न पूर्ण हो।" इतना कहकर उन्होंने एक जोड़ी सोने का कंगन दयाल बाबू की ओर बढ़ा दिया। दयाल उसे लेकर विजया के पास गए और बोले "मैं मन-वाणी-काया से तुम्हारी कल्याण-कामना करता हूं बेटी! अपने दोनों हाथ तो आगे करो।"

किन्तु नतवदना विजया वैसे ही जड़मूर्ति की तरह बैठी रही; दयाल के पुनः अनुरोध करने पर भी नहीं हिली। तब नलिनी ने हंसकर ज़बर्दस्ती उसके दोनों हाथ ऊपर उठा दिए। दयाल बाबू ने अत्याचार की हथकड़ी, आशीर्वाद के स्वर्णवलय के भ्रम में, उस मूर्च्छितप्राय निरु-पाय नारी के अशक्त-अवश हाथों में पहना दी। किसी को विजया की यथार्थ मनःस्थिति का पता नहीं चला, बल्कि सब लोगों ने उसे वधू की

मधुर लज्जा समझ आशीर्वाद और प्रसन्नता की ध्वनि से कमरा गुंजा दिया।

खान-पान के बाद मण्डली बिखर गई। सब लोग एक-एक करके चले गए। केवल विजया और नलिनी रह गई। विजया ने कहा—"बहिन! आपसे मिलकर जो सुख हुआ, उसे शब्दों में व्यक्त करना असंभव है। यहां मैं बिलकुल अकेली हूं, कोई ऐसा नहीं जिससे मन की बातें कर सकूं। आपकी जब इच्छा हो अवश्य दर्शन दीजिएगा। वैसे हो सका तो मैं भी उस समय आपकी मामी को देखने आऊंगी। पर रुकिए, दयाल बाबू शायद आफिस चले गए हैं, उन्हें बुलवाती हूं।" नलिनी ने कहा—"नहीं, वे तो आफिस का काम करके अब शाम को घर जाएंगे। मैं नरेन्द्र बाबू की प्रतीक्षा कर रही हूं। वे अपने मामा से मिलने गए हैं, आते ही होंगे।"

विजया ने चकित होकर पूछा—"आपका उनसे क्या पूर्ण परिचय है ?

"नहीं, अभी परसों ही परिचय हुआ है। मामा को कष्ट से बचाने के लिए वे मुझे स्टेशन पर लेने आए थे। उन्हींके साथ मामा के घर आई। बस, इतना ही परिचय है। पर नरेन्द्र बाबू इतने भले हैं कि दो ही दिन में आत्मीय-से हो गए हैं। मामी तो उन्हें अपने पेट के बच्चे की तरह मानती हैं। इस समय वे हमारे ही यहां स्नान, भोजन, विश्राम करके संध्या की गाड़ी से कलकत्ता जाएंगे।"

इसी समय नरेन्द्र आते दिखाई पड़े। नज़दीक आने पर बोले—"वाह! दोनों सखियों में खूब घनिष्ठता हो गई दीख पड़ती है! सच-मुच, आज नवनर्ष का प्रथम दिन मेरे लिए यथार्थ सुप्रभात है। परन्तु आप इतनी उदास क्यों दिखाई पड़ रही हैं ?"

विजया ने खीझ के स्वर में कहा—"एक दिन में यह सवाल कितनी बार कीजिएगा ?"

नरेन्द्र ने हंसकर कहा—"क्यों, दूसरी बार पूछने से कुछ नुकसान हो गया ? अच्छा, यह तो बताइए कि ज़रा देर में आप झट नाराज़ क्यों

हो जाती हैं? यह आपमें भारी दोष है।" कहकर वह फिर हंसने लगा।

विजया ने अपनी हंसी को संभालकर छद्म गंभीरता के साथ कहा—"आपकी तरह सब कैसे निर्दोष हो सकते हैं? पर कालीपद ऐसे बहुत लोग हैं जो आप जैसे साधु पुरुष को भी क्रोधी कहकर निंदा करते हैं।

नरेन्द्र हा-हा करके हंस पड़ा। फिर बोला—"कालीपद ऐसे बहुत से लोग कौन? वह और आप, यही न?"

विजया ने गर्दन हिलाकर कहा—"जी नहीं, स्टेशन पर जिन लोगों ने देखा था, वे भी।"

"और?"

"और जिन्होंने सुना वे भी।"

"तब तो मेरे बारे में सारी दुनिया की यही राय है। धन्यवाद! अब ज़रा यह बताइए कि आपके बारे में लोगों की क्या राय है?"

"अपनी प्रशंसा अपने मुंह करने में पाप होता है, इसलिए आप ही कह दीजिए। पर रहिए, खा-पीकर कहिएगा। बड़ी देर हो रही है। दिन चढ़ आया है। आप लोग यहीं स्नान-भोजन क्यों न कर लें? मैं मामी को कहलाए देती हूं।"

नलिनी बोली—"मुझे तो जाना ही होगा। मामी बीमार ठहरीं, किसीको उनके पास रहने की ज़रूरत है। किन्तु नरेन्द्र बाबू! आप न हो, यहीं स्नान-भोजन कर लें। मैं मामी से कह दूंगी। हां, जाते समय एक बार उन्हें देखते जाइएगा।"

नरेन्द्र बोला—"मुझे आपने ऐसा अकृतज्ञ नराधम समझा है कि इस धूप में मैं आपको अकेली जाने दूंगा? अब देर न कीजिए।" कहकर वह चलने को तैयार हो गया। नलिनी उसके पास आ गई। पर एक प्राणी की आंखें शान पर धरी छुरी की तरह चमकने लगीं। नरेन्द्र ने उसे देखकर कहा—"न हो जिस चीज़ (माइक्रोस्कोप) के कारण मेरी इतनी बदनामी हुई, वह मुझे आज आनन्द के दिन उपहार में न दे

दीजिए, मैं दो सौ रुपये कल या परसों भेज दूंगा।" विजया बोली—"दाम लेकर कोई चीज़ देने को मैं उपहार देना नहीं, बेचना ही कहती हूं। ऐसा उपहार देकर आप सन्तुष्ट हो सकते हैं, परन्तु मुझे वैसी शिक्षा नहीं मिली है। इसीसे मैं उसे इस आनन्द के दिन बेचना नहीं चाहती।"।

आघात की कठोरता ने नरेन्द्र को अवाक् कर दिया। बेचारा विजया को समझ ही नहीं पाता कि कब क्या वह कह बैठेगी। उसने मर्माहत होकर कहा—"मैं अपनी विपन्नावस्था को भूला नहीं हैं, न छिपाता हूं। मैंने नलिनी से भी सब कह दिया है, कुछ भी नहीं छिपाया। मैंने आपको उपहार देने की बात भी नहीं कही है।" विजया का मुख लज्जा और वेदना से पीला पड़ गया, परन्तु वह कुछ बोल न सकी। नरेन्द्र ने कहा—"मेरी बातों से आप अक्सर खीझ उठती हैं। शायद सोचती हैं कि मैं अपनी स्थिति से बढ़कर आपकी बराबरी से बातें करता हूं। संभव है ऐसा हो जाता हो, पर यह मेरे अन्यमनस्क स्वभाव का दोष है। खैर, मैंने कोई गुस्ताखी की बात की हो तो मुझे माफ कीजिए।" इतना कहकर मुंह फिराकर चल दिया।

22

रास्ते-भर में दोनों के बीच केवल इतनी बात हुई। नलिनी ने पूछा—"क्या उपहार देने की बात कह रहे थे?"

थकावट-भरे हुए स्वर में नरेन्द्र ने उत्तर दिया—"किसी और दिन वह बात आपको बताऊंगा, आज नहीं।" फिर बांस के पुल के पास पहुंचते ही रुककर बोला—"आज मुझे माफ कर देना होगा, मैं लौट जाता हूं। जानता हूं कि ऐसा करना अन्याय है, फिर भी उसे क्षमा कर देना होगा। आज मैं किसी तरह न जा सकूंगा। अपनी मामी से कह दीजिएगा कि मैं और किसी दिन आकर..."

उसके संकल्प में परिवर्तन देख नलिनी अचरज में पड़ गई थी, इस बार उसका कण्ठ-स्वर सुनकर और मुंह की ओर देखकर उसे उससे भी बड़ा आश्चर्य हुआ, किन्तु उसने और अनुरोध न कर इतना ही पूछा "अब कब आएंगे?"

"परसों आने की चेष्टा करूंगा।" कहकर वह स्टेशन की दिशा में लौट पड़ा।

मैदान लगभग पार कर चुका था कि देखा, एक लड़का हाथ उठाए हुए जान छोड़कर उसकी ओर दौड़ा आ रहा है। थोड़ी देर में ही परेश पास आकर बोला—"मांजी ने तुम्हें बुलाया है, चलो।"

"मुझे नहीं, किसी और को बुलाया होगा।"

"नहीं, नहीं, तुम्हींको बुलाया है। दौड़कर मुझसे बोलीं—'परेश, जल्दी दौड़कर उन टोपवाले साहब को बुला ला, तुझे अच्छी-सी पतंग और डोर खरीद दूंगी।' "

अब नरेन्द्र को बालक की व्यग्रता का कारण समझ में आ गया। एक बार तो मन में आया कि खुद ही पतंग और डोर खरीदकर इसे दे दे। आज ही क्यों बुलाया है? जाना उचित है या नहीं? इस तरह के तर्क-वितर्क उसके मन में उठने लगे। वह कुछ निश्चय न कर पाया। फिर भी उसके पांव उधर ही उठते जा रहे थे। रास्ते-भर बुला भेजने का कोई कारण उसे न सूझ पड़ा ; इतना समझ में न आया कि बुला भेजना ही सबसे बड़ा कारण है। बैठक में प्रवेश करते ही विजया सामने आकर खड़ी हो गई। आंसू-भरी आंखों से नरेन्द्र की ओर देखती हुई बोली—"इतनी देर हो जाने पर भी बिना खाए-पिए आप चले जा रहे हैं, यह बड़ा अच्छा है न! मैं तो व्यर्थ क्रोध करती हूं, बहुत बुरी हूं, पर आप?"

बड़े ही आश्चर्य से नरेन्द्र ने कहा—"इसका क्या अर्थ?किसने कहा कि आप बुरी हैं? ये सब बातें आपसे किसने कही हैं?"

विजया के होंठ कांपने लगे, बोली—'आपने कही हैं। क्यों नलिनी के सामने आपने मेरा ऐसा अपमान किया? मेरा ही अपमान किया

और मुझीको दण्ड देने के लिए बिना खाए चले जा रहे हैं? मैंने आपका क्या बिगाड़ा है?" कहते-कहते उसकी आंखों में आंसू भर गए। जान पड़ता है, उन्हें ही संभालने के लिए वह उस तरफ की खिड़की के पास जाकर पीछे फिरकर बाहर की ओर देखने लगी। नरेन्द्र हतबुद्धि की भांति कुछ न बोल सकने के कारण उसकी ओर देखता ही रह गया। इस अभियोग का जवाब उसे कहीं खोजने पर भी नहीं मिला, शायद वह इसका कारण ही सोच न सका।

बैरे ने आकर कहा—"नहाने के लिए पानी तैयार है।" तब विजया शांत भाव से लौटकर बोली—"जाइए, अब और देर न कीज़िए।"

स्नान करके नरेन्द्र खाने बैठा। विजया उसके पास ही बैठकर पंखा झलने लगी। उसके हृदय को हिलाता लज्जा का एक झोंका निकल गया। नरेन्द्र ने कहा—"मुझे हवा की ज़रूरत नहीं है, आप पंखा रख दें।" विजया ने मीठी हंसी हंसकर कहा—"आपको ज़रूरत न होने पर भी मुझे तो ज़रूरत है। पिताजी कहते थे—लड़कियां खाली हाथ कभी नहीं बैठतीं।"

"पर आपने भी तो अभी भोजन नहीं किया है?"

"नहीं, पुरुषों को खिलाए बिना हम लोग नहीं खातीं।"

नरेन्द्र ने खुश होकर कहा—"अच्छा, ब्राह्म होने पर भी आपका आचार-विचार हमीं लोगों जैसा है?"

विजया ने यह नहीं कहा कि ज़्यादा ब्राह्म-घरों में ऐसा नहीं, इसका उलटा ही होता है, केवल उसके पिता इस सब हिन्दू-आचार को अपने घर में चला गए हैं, बल्कि उसने कहा—"इसमें आश्चर्य की क्या बात है? हम कोई विलायत से तो आईं नहीं, न हमारा आचार-विचार ही काबुल से आया है। ऐसा न होना ही तो आश्चर्य की बात होती।"

इसी समय नौकर ने खांसकर कहा—"मांजी! नायब साहब नीचे बहीखाता लेकर खड़े हैं, उन्हें क्या कह दूं?"

"आज मुझ छुट्टी न मिलेगी, कल आने को कह दे।"

नौकर के चले जाने पर नरेन्द्र बोला—"यही नौकरों का मांजी

कहना मुझे बड़ा अच्छा लगता है। मुझे प्रायः बड़े घरों में जाना पड़ता है। वहां नौकरों द्वारा मालकिन को मेम साहब कहते देख जान पड़ता है कि वे नकली लेडियां नौकरों के मुंह से ही मेम साहब कहलाकर अपनी आत्म-मर्यादा को बनाए रखना चाहती हैं। क्या नौकरों द्वारा इस स्वदेशी मातृ-सम्बोधन की जगह मेम साहब कहा जाना अधिक प्रतिष्ठा की बात है? मुझे देखना होगा कि इनके लड़के-बच्चे भी एक दिन इन्हें मां पुकारते हैं या मेम साहब ही कहते हैं।" कहकर उसने अट्टहास किया।

विजया ने हंसकर कहा—"पहले खा-पी लीजिए, फिर पराई चर्चा करके मनोरञ्जन कीजिएगा। इस तरह क्या आज मुझे खाने न दीजिएगा?" नरेन्द्र लज्जित होकर दो-चार कौर खाकर फिर कहने लगा—"मैं भी चार-पांच साल विलायत में रह आया हूं; परन्तु ये देसी साहब······"

विजया ने तर्जनी उठाकर शासन करने की भंगी में कहा—"फिर पराई निन्दा?"

"अच्छा, अब न करूंगा।" कहकर फिर खाने में मन लगाया, परन्तु बोल उठा—"अब और खा न सकूंगा···"

विजया ने घबराकर कहा—"वाह! कुछ भी तो नहीं खाया। नहीं, अभी उठने न पाइएगा। अच्छा, न हो पराई निन्दा करते हुए ही अन्यमनस्क होकर खाइए, मैं कुछ न कहूंगी।"

नरेन्द्र हंसने की चेष्टा करके भी गंभीर हो गया, बोला—"इतना खा लेने पर भी आप कहती हैं कुछ नहीं खाया, किन्तु मेरा कलकत्ता का आहार देखें तो अवाक् रह जाएं। देखती नहीं, इस एक महीने में ही मैं कैसा दुबला हो गया हूं। रसोइया और नौकर दोनों पाजी हैं। सुबह ही खाना बनाकर कहीं चल देते हैं। मुझे लौटने में कभी दिन के दो, कभी चार भी बज जाते हैं। वही ठण्डा कड़ा-भात, बिना दूध के, खाना पड़ता है। किसी-किसी दिन खिड़की से कौए आकर उसे छिदबिदा जाते हैं, खाने को मन नहीं करता। आधे दिन तो एक बार भी भोजन नहीं मिलता।"

क्रोध से विजया का चेहरा लाल हो उठा। बोली—"ऐसे नौकरों को निकाल क्यों नहीं देते? इतनी तनख्वाह पाकर भी ऐसा कष्ट है तो फिर नौकरी करने से फायदा?"

नरेन्द्र ने कहा—"एक हिसाब से आपका कहना ठीक है। एक दिन बक्स से छ: सौ रुपये निकल गए। एक दिन मैंने स्वयं ही सौ रुपये का नोट खो दिया। लापरवाह आदमी को पग-पग पर विपत्ति उठानी पड़ती है। किन्तु बहुत दिनों से मुझे दुःख-कष्ट सहने का अभ्यास हो गया है, इसलिए इतना अनुभव नहीं होता। हां, बहुत भूख लगने पर कभी-कभी असह्य हो जाता है।"

विजया मुंह नीचे किए चुपचाप बैठी रही। नरेन्द्र कहता गया—"असल बात यह है कि नौकरी मुझे अच्छी नहीं लगती, मुझसे हो भी नहीं सकती। मेरी ज़रूरतें बहुत थोड़ी हैं। आप जैसा कोई बड़ा आदमी मुझे दोनों जून खाने को दे देता और मैं अपना काम करता, इतना ही मैं चाहता हूं। परन्तु वैसे बड़े आदमी आज कहां हैं?" कहकर फिर वह ज़ोर से हंस पड़ा। विजया वैसी ही बैठी रही। नरेन्द्र ने कहा—"आपके पिता जीवित रहते, तो मेरा बड़ा उपकार होता। वे निश्चय ही मुझे इस स्थिति से छुटकारा दे देते।"।

विजया ने उत्सुक दृष्टि से देखकर पूछा—"यह आपने कैसे जाना? आप तो उन्हें चीन्हते भी नहीं थे।"

"नहीं, मैंने उनको कभी देखा न था, शायद उन्होंने भी मुझे कभी देखा न था; फिर भी वे मुझे बहुत प्यार करते थे। जानती हो, किसने रुपये देकर मुझे विलायत भेजा था? उन्हींने। अच्छा, हम लोगों के ऋण के विषय में क्या उन्होंने आपसे कभी कुछ नहीं कहा?"

"सम्भव है, कहा हो ; किन्तु आपका संकेत समझे बिना कुछ ठीक जवाब देना कठिन है।"

नरेन्द्र ने कुछ देर तक मन ही मन सोचकर कहा—"जाने दीजिए, अब उस बात की चर्चा करना व्यर्थ है।"

विजया ने व्यग्र होकर कहा—"नहीं, कहिए। मैं जानना चाहती

हूं।

उसका आग्रह देख नरेन्द्र ने हंसकर कहा—"कहना निरर्थक ही नहीं है, कहने में मुझे भी शर्म लगती है। सुनकर शायद आपके मन में आए कि मैं आपकी भावनाओं को उभारकर···"

विजया अधीर होकर बीच में ही बोल उठी—"मैं ज़्यादा खुशामद करने में असमर्थ हूं, आपके पांव पड़ती हूं, कहिए।"

"अच्छा, गुस्सा न कीजिए, कहता हूं। विलायत जाते समय ही पिताजी से सुना था कि आपके पिता ही मुझे वहां भेज रहे हैं। तीन दिन हुए, दयाल बाबू ने मेरे घर से मिली पुरानी चिट्ठियों का एक बण्डल मुझे दिया है। मेरे पिता की चीज़ समझ दयाल बाबू ने मुझे दे दिया। उनमें दो चिट्ठियां आपके पिता की लिखी हुई भी हैं। मेरे पिता ने कर्ज चुकाने के लिए अन्तिम काल में जुआ खेलना शुरू कर दिया था। उसी की ओर संकेत करके एक चिट्ठी में उन्होंने लिखा है कि 'घर के लिए चिन्ता न करो, नरेन्द्र मेरा भी तो बेटा है, मैंने घर उसे दिया। पर वह पत्र बहुत दिन पहले का लिखा है, सम्भव है बाद में उनके विचार बदल गए हों, इसीलिए आपसे कुछ न कहा हो।"

पिता की अन्तिम इच्छा का एक-एक शब्द स्मरण कर विजया ने लम्बी सांस ली।

"तब तो आप अपने घर के लिए दावा करेंगे?" कहकर विजया हंसने लगी।

"अवश्य, और आपको गवाह के रूप में पेश करूंगा। आशा है, आप सच ही बोलेंगी।"

"पर अदालत में जाने की ज़रूरत ही क्या है? पिताजी की इच्छा ही मेरे लिए अदालत है। मैं वह घर आपको लौटा दूंगी वह चिट्ठी देखूंगी। यदि उसमें वैसा ही लिखा होगा, तो मैं उनकी आज्ञा का पालन करने में किसी तरह न हटूंगी। पिताजी की दी हुई चीज़ मैं आत्मसात् न करूंगी, यह मेरी प्रतिज्ञा है।"

"आपने वह घर जब एक अच्छे काम के लिए दे दिया है, तब उसे

हड़पने का दोष आपपर नहीं लग सकता। फिर मैं उसे लेकर करूंगा ही क्या? मेरे पास कौन है जो उसमें आकर रहेगा? बच गया मैं, सो मुझे तो कहीं न कहीं नौकरी करनी ही पड़ेगी। फिर इसके लिए विलास बाबू ही क्यों राज़ी होंगे?"

"अपनी चीज़ लेने-देने के बारे में मुझे दूसरे को राज़ी करने की क्या ज़रूरत है? और अगर आपको घर की आवश्यकता नहीं, तो उसका उचित मूल्य मुझसे ले लीजिए। ऐसा करने से आपको नौकरी करने की ज़रूरत भी न रहेगी और आप स्वतन्त्र होकर अपना काम भी कर सकेंगे। बस, आप मान जाइए।"

नरेन्द्र ने देखा कि विजया परिहास में यह सब नहीं कह रही है, वह उसको गृहहीन कर देने की व्यथा से व्यथित है। परन्तु वह ऐसा प्रस्ताव कैसे स्वीकार कर सकता है? जिसे लेने का उसे अधिकार नहीं, उसे वह भीख की तरह कैसे ले सकता है? उसने कहा—"मैं आपकी बात समझ गया। आप इस गरीब को किसी न किसी बहाने कुछ देना चाहती हैं। है न यही बात?"

"इस बात से मुझे कितना कष्ट होता है, आप जानते हैं? मैं तो मन की बात कह रही हूं। आप करोड़पति हों या गरीब, इससे मुझे कुछ लेना-देना नहीं है। मैं तो पिताजी की आज्ञा का पालन करने के लिए घर वापस करना चाहती हूं। "

"प्रतिज्ञा तो आप करती हैं, पर आपको मालूम नहीं कि ऐसा करने पर आपको न जाने कितनी चीज़ें लौटानी होंगी, केवल वह घर ही नहीं।"

"अच्छा, आप अपनी सम्पूर्ण सम्पत्ति फेर लीजिए।"

"दावा करने को तो आप कहती हैं, पर मेरा दावा कहां तक पहुंचता है, यह जानती हैं? यह घर, ज़मीन-जायदाद ही नहीं, और भी चीज़ें हैं।"

"पिताजी ने आपको और क्या दिया है?"

"उस चिट्ठी में यहां पर जो कुछ है सब उन्होंने मुझे दिया है। यह

घर, ये कमरे, फर्नीचर, सामान, दास-दासी, यहां तक कि उनकी मालकिन तक पर मेरा दावा पहुंच सकता है, यह भी जानती हैं? 'पिताजी की आज्ञा, पिताजी की आज्ञा' तो करती हैं, देंगी यह सब?"

विजया नीचे से ऊपर तक सिहर उठी, किन्तु कुछ जवाब न देकर सिर झुकाए काठ की मूर्ति की तरह बैठी रही। नरेन्द्र मुंह में भात का कौर डालते हुए गर्व के साथ बोला—"क्यों? मन में आता है कि दे सकेंगी? न हो एक बार एकान्त में विलास बाबू से परामर्श कर लीजिए।" कहकर हा-हा करके हंसने लगा।

किन्तु विजया के मुंह उठाते ही उसकी हंसी जैसे मार खाकर सहसा रुक गई। विजया के मुंह पर जैसे खून का ज़रा भी आभास न हो, ऐसे एक सूखे पीले मुंह पर नज़र पड़ते ही नरेन्द्र घबराकर कह उठा—"आप क्या पागल हो गई हैं? मैं क्या सचमुच इन चीज़ों पर दावा करने जा रहा हूं? और दावा करने पर भी क्या उन्हें पा जाऊंगा? लोग मुझे पकड़कर पागलखाने में बंद कर देंगे।"

विजया ने जैसे कुछ नहीं सुना। बोली—"कहां है वह चिट्ठी?"

"चिट्ठी क्या मैं जेब में लिए फिरता हूं, फिर उसे देखने में आपका लाभ ही क्या है?"

"जो भी हो, दोनों चिट्ठियां आज ही दरबान को दे दीजिएगा। वह आपके साथ कलकत्ता जाएगा।"

"इतनी जल्दी है?"

"हां।"

23

निद्राहीन रात की क्लान्ति लेकर जब सुबह विजया नीचे की बैठक में आई, तो उसने देखा, ज़मींदारी की बहियां टेबल पर रखे नायब प्रतीक्षा कर रहा है। उससे दो घंटे बाद आने को कहकर एक बही ले

विजया खिड़की के पास कोच पर जा बैठी। उसमें ध्यान देने की शक्ति ही न थी, आंखें बार-बार खिड़की से बाहर जाती थी। उसने देखा कि थोड़ी दूर पर एक पेड़ के किनारे रासबिहारी परेश से ऊपर-नीचे की ओर इशारा कर-करके कुछ पूछ रहे हैं। फिर वे आफिस की ओर चले गए। परेश जब घर के पास आया, तो विजया ने उसे बुलाकर पूछा—"बाबू तुझसे क्या पूछ रहे थे?"

"मांजी, मैं डाक्टर बाबू के खाने के समय यहां था? पतंग लेने चला गया था न? पर वे कह रहे थे कि क्या बातचीत हुई बता दे, नहीं तो सिपाही से पकड़वाकर तुझे जोंकों से कटवाऊंगा। मैंने कहा कि नये दरबान ने आपसे झूठ कहा है। मुझे तो मांजी ने बस इतना कहा था कि जा दौड़कर डाक्टर को बुला ला, तुझे पतंग ले दूंगी, इसीसे मैं दौड़ा गया।"

परेश को विदा कर विजया अपने स्थान पर खाता खोल बैठ गई। पर वही लिखावट उसकी आंखों के सामने लिप-पुतकर एक हो गई। हां, रात-भर जागने से ही नहीं, क्रोध से भी लाल हो रही आंखें अग्निशिखा की भांति जलने लगीं। थोड़ी देर बाद ही रासबिहारी बाहरी दरवाज़े पर लाठी का शब्द करते हुए अन्दर आ गए, और एक कुर्सी खींचकर उसपर बैठ गए। विजया ने खाते पर से सिर उठाकर कहा—"आइए, आज इतनी सुबह कैसे?"

रासबिहारी ने उसकी बात पर ध्यान न देकर पूछा—"दोनों आंखें बड़ी लाल दिख रही हैं बेटी! ठंड-वंड तो नहीं लग गई?"

विजया ने सिर हिलाकर कहा—"नहीं।"

"क्या रात नींद नहीं आई या और कुछ···"

"नहीं, मुझे कुछ नहीं हुआ है।" कहकर विजया खाता देखने लगी। रासबिहारी बोले—"धूप के भय से सुबह आ गया। सुना है, चौधरियों ने घोसपाड़ा की सीमा को लेकर मामला करने का निश्चय किया है।" ज़मींदारी के बहुत-से ज़रूरी कागज़, जिनके खो जाने का भय था, वनमाली अपने पास ही रखते थे। कलकत्ता से आते समय विजया उन्हें

अपने साथ लाई थी और अपने सोने के कमरे में लोहे की आलमारी में बन्द कर दिया था। विजया ने पूछा—"वे कितनी ज़मीन का दावा करनेवाले हैं?"

"दो बीघे तो होगी ही।"

"बस, तो उन्हें ले लेने दीजिए। इतनी ज़मीन के लिए मुकदमे में हज़ारों रुपये स्वाहा करना मैं ठीक नहीं समझती।"

बड़े ही विस्मय के भाव से रासबिहारी ने कहा—'आज यदि हम दो बीघे छोड़ देंगे, तो कल दो सौ बीघे छोड़ने पड़ेंगे।"

"मामूली बातों को लेकर मामला-मुकदमा लड़ने की कोई ज़रूरत नहीं है।"

"यह किसी तरह नहीं हो सकता बेटी! तुम्हारे पिता जब मुझपर पूर्णतः सब कुछ छोड़ गए हैं, तो मैं अपने जीते दो बीघा तो क्या दो अंगुल भूमि भी न जाने दूंगा। ऐसा करना अधर्म होगा। और भी कई कारणों से दस्तावेज़ों को एक बार ध्यान से देखना होगा। बेटी ज़रा कष्ट करो, ऊपर से उन्हें ला तो दो।"

उठने की कोई प्रवृत्ति न प्रकट करके विजया ने पूछा—"और क्या कारण है?"

मन ही मन विरक्त होकर भी ऊपर से अपने को संभालते हुए रासबिहारी ने कहा—"कारण एक तो नहीं है जो ज़बानी तुम्हें कैफियत दूं बेटी!"

इसी समय नायब अपना बहीखाता लेने आ गए। विजया ने लज्जित भाव से कहा—"अभी तो नहीं हुआ, तीसरे पहर ले जाइएगा। जो नया दरबान नौकर हुआ है, उसकी हमें ज़रूरत नहीं है। अभी महीने में पन्द्रह-बीस दिन शेष हैं, पर उसे पूरे महीने का वेतन देकर अलग कर दीजिए। वह मुझे अच्छा आदमी नहीं मालूम पड़ता।"

रासबिहारी का चेहरा एक बार तमतमा उठा, परन्तु अपने को संभालकर बोले—"किन्तु बिना अपराध ही किसीकी जीविका छुड़ाना क्या अच्छा है बेटी?" विजया चुप रही। इससे नायब ने भरोसा पाकर

कहा—"तब तो उसे···"

"हां, उसे विदा कर दीजिए, आज ही।" कहकर विजया फिर खाता देखने लगी। नायब चला गया। रासबिहारी ने कहा—"ज़रा कष्ट करो बेटी! आज सब कागज़ात एक बार अच्छी तरह देखने ही होंगे।"

"क्यों?"

"कह तो चुका कि विशेष कारण है। वही बात बार-बार दोहराने के लिए मेरे पास समय नहीं है।"

विजया ने खाते पर से आंखें उठाए बिना ही धीरे से कहा—"न कहेंगे सो तो ठीक, परन्तु कारण तो आपने एक भी नहीं बताया।"

"बताए बिना क्या तुम उठोगी नहीं?" फिर कुछ मिनट तक प्रतीक्षा की, किन्तु विजया को स्थिर बैठे देख इस बार उनका धैर्य जाता रहा। बोले—"इसका मतलब यह कि तुम्हें मुझपर विश्वास नहीं है?"

विजया चुप रही। उसकी चुप्पी का अर्थ इतना स्पष्ट था कि क्रोध से रासबिहारी का चेहरा काला पड़ गया। हाथ की लाठी ज़मीन पर पटककर बोले—"कैसे तुम मेरा इतना बड़ा अपमान करने की हिम्मत कर रही हो विजया? क्यों तुम मेरा अविश्वास करती हो, सुनूं तो?"

विजया ने शान्त कण्ठ से कहा—"मुझपर भी तो आप विश्वास नहीं करते। मेरे ही पैसे से मेरे ऊपर जासूस नियुक्त करने से मेरे मन का भाव क्या होगा, उसे आप अच्छी तरह समझ सकते हैं। उसपर भी मेरी जायदाद के मूल कागज़-पत्र हथियाने की चेष्टा पर मैं सन्देह करूं तो क्या यह अस्वाभाविक है?"

रासबिहारी एकदम अवाक् रह गए। कलकत्ता में विलासिता और दुलार के बीच पली यह अनभिज्ञ छोकरी उनकी ऐसी पक्की चाल को समझकर व्यर्थ कर सकती है, यह बात उनकी सम्भावना के परे थी। और समझ जाए तो भी क्या स्वप्न में भी वह उसे प्रकट करने का साहस कर सकती थी?

अब रासबिहारी ने वह अस्त्र चलाया जो ऐसे लोगों का अजेय अस्त्र होता है, बोले—"वनमाली की इज़्ज़त बचाने के लिए ही मैंने यह

काम किया था। बन्धुत्व का कर्तव्य निभाने के लिए तुमपर मुझे कड़ी निगाह रखनी पड़ी। एक अपरिचित, अनजान बदमाश को रास्ते से बुलाकर उसे खिलाना-पिलाना, दिन-भर बिताना, क्या इसका मतलब मैं नहीं समझता? उस दिन आधी रात तक उसके साथ हंसी-दिल्लगी से भी मन नहीं भरा तो उसे रात को कलकत्ता जाने नहीं दिया। इससे तुम्हें भले शर्मन आती हो, पर हम लोगों की तो सब जगह निन्दा होता है—समाज में किसीके सामने सिर उठाने योग्य नहीं रहा।"

इस कठोर मर्मभेदी आघात ने विजया को जैसे सुन्न कर दिया। रासबिहारी बार-बार पूछने लगे—"बोलो, जवाब दो। क्या इन बातों से तुम्हें निवृत्त करने की चेष्टा करना मेरा कर्तव्य नहीं? गुरुतर मामला है, जवाब दो।"

बहुत देर बाद विजया ने सिर उठाकर देखा; उसके पीले पड़ रहे होंठ एक बार हिले। उसने कहा—"मामला जैसा गुरुतर हो, पर झूठी बात का मैं क्या जवाब दे सकती हूं? यह अपवाद मिथ्या है और इसे आप सबसे ज़्यादा अच्छी तरह जानते हैं।"

रासबिहारी उत्तर का पहला भाग सुनने को तैयार थे, परन्तु पिछला भाग सुनने की उन्हें कल्पना भी न थी। वे देर तक कुछ बोल न सके, फिर विजया के ही शब्द उनके मुंह से निकले—"यह मिथ्या है, इसे सबसे ज़्यादा मैं ही जानता हूं!"

विजया खड़ी हो गई, बोली—"आप गुरुजन हैं। आपके साथ इसे लेकर तर्क-वितर्क करने की इच्छा मुझे नहीं। कागज़ात यहीं रहने दीजिए। जब मामले-मुकदमे में उनकी आवश्यकता पड़ेगी, तब मैं आपको बुला भेजूंगी।" कहकर वह भीतर चली गई।

24

विजया के मन में पहले तो यही आया कि इस व्याध के फन्दे से बचने के लिए कल सुबह ही कलकत्ता चली जाए, परन्तु फिर सोचकर देखा कि ऐसा करने से तो फंदा और कस जाएगा। इधर कमरे से बाहर निकलना भी उसके लिए दुर्लभ हो गया। दो दिन बाद आफिस के गुमाश्ते ने जब कागज़-पत्र पर दस्तखत कराने के लिए उससे मिलने की प्रार्थना कहलाई, तो तबीयत खराब होने का बहाना करके उसने कागज़ात ऊपर ही मंगवा लिए। आज अपने ही कर्मचारी को भी मुंह दिखाने में उसे लज्जा का बोध होने लगा कि कहीं उस तक भी बात न पहुंच गई हो।

एक बात को वह डरती भी थी और चाहती भी थी—यही कि नरेन्द्र पिता की वे चिट्ठियां लेकर खुद आ जाए; परन्तु पांच-छ: दिन की प्रतीक्षा के बाद भी नरेन्द्र नहीं आया, हां चिट्ठियां डाक से आ गईं। नरेन्द्र क्यों नहीं आया, इसका अनुमान करते भी उसे देर न लगी; उसे पहले से ही खटका था कि कहीं रासबिहारी इन शंकाओं को नरेन्द्र तक पहुंचाकर उसके यहाँ आने की राह न बन्द कर दे। उन पत्रों को हाथ में लेकर विजया सोचने लगी कि नरेन्द्र भी यदि भय के मारे इस कलंक का बोझ उसीके सिर डाल भाग खड़ा हो, तो वह अकेले उसे कैसे उठा पाएगी। तब तो यह मिथ्या बोझ भी परम सत्य बनकर उसे धूल में मिला देगा। यही सब सोच स्वर्गवासी पिता के उन दो पत्रों को माथे से लगा वह रोने लगी। फिर कई बार उन्हें पढ़ने की चेष्टा की, परन्तु आंसुओं से दृष्टि धुंधली हो जाने के कारण न पढ़ पाई। बड़ी देर में धीरे-धीरे पत्र समाप्त कर सकी। तब पिता की आंतरिक इच्छा उससे छिपी न रही। उन्होंने उसीके योग्य बनाने के लिए नरेन्द्र को विलायत पढ़ने भेजवाया था। उसे यह भी मालूम हो गया कि यह बात चाहे और किसीको मालूम न हो, परन्तु रासबिहारी से तो छिपी न होगी।

और पांच-छ: दिन बीत जाने पर एक दिन विजया ने सुबह शय्या से

उठते ही देखा कि सारे घर में मज़दूर पुताई-सफाई कर रहे हैं। तब उसे याद आया कि पूर्णिमा को अब केवल सात दिन रह गए हैं। विजया की हिम्मत न पड़ी कि किसीसे यह तो पूछे कि किसके हुक्म से यह सब हो रहा है, या मुझसे पूछा क्यों नहीं गया।

दूसरे दिन तीसरे पहर विजया, कन्हैयासिंह के साथ नदी-किनारे टहलने निकली थी। वहां दयाल बाबू ने आकर कहा—'बेटी, मैं तुम्ही को खोज रहा था। अब ज़्यादा दिन नहीं हैं, निमंत्रणपत्र छपवाने-बंटवाने हैं, तुम बंधु-बांधव, आत्मीय-स्वजन की सूची दे दो।"

विजया ने रुखाई से कहा—"निमंत्रण क्या मेरे ही नाम से छपेंगे?"

"दयाल बाबू जानते थे कि इस विवाह से विजया सुखी नहीं है। बोले—"तुम्हारे नाम से क्यों, रासबिहारी बाबू के नाम से छपेंगे। वही तो वर-कन्या। दोनों के अभिभावक हैं।"

"तो फिर वही तय करें कि किन्हें निमंत्रण दिया जाए। मेरे बंधु बांधव, आत्मीय-स्वजन कोई नहीं हैं। हां, उस दिन जो चिट्ठियां आपने नरेन्द्र बाबू को दी थीं, उन्हें क्या पढ़ा था?"

"मैं पराई चिट्ठियां क्यों पढ़ने लगा? ऊपर नरेन्द्र के पिता का नाम देख मैंने नरेन्द्र को दे दी थीं। क्या कुछ अनुचित हुआ बेटी?"

"नहीं, आपने तो ठीक ही किया। क्या उन्होंने इस बारे में आपसे कुछ नहीं कहा?"

"नहीं, पर उनसे कुछ पूछना हो तो पूछकर कल ही तुम्हें बता सकता हूं। वे आजकल प्रायः नित्य संध्या को हमारे यहां आते हैं। कलकत्ता में काम कम होने और कोई बंधु-बांधव न होने से यहां आ जाते हैं। मेरी घरवाली तो उन्हें पेट के लड़के की तरह ही चाहती है। बात करते इतनी दूर तो आ गई हो, चलो न ज़रा अपने इस घर में ही हो आओ।"

"चलिए।"

दयाल कहने लगे—"मैंने तो ऐसा निर्मल, स्वभाव से ही शिष्ट आदमी अपने इतने बड़े जीवन में दूसरा नहीं देखा। नलिनी की इच्छा है कि बी॰ ए॰ पास करके डाक्टरी पढ़े। इस विषय में वे उसे बड़ी

सहायता और उत्साह देते रहते हैं।"

विजया चौंक उठी। कलकत्ता से रोज़ इतनी दूर आकर संध्या बिता जाने का क्या कारण है, यह संदेह उसके हृदय में विष की तरह मथ रहा था। दयाल ने घूमकर स्नेहार्द्र कण्ठ से कहा—"तुम थक गई हो तो आज रहने दो।"

विजया ने कहा—"नहीं, चलिए।" एक-एक पग उसके लिए भारी हो रहा था। दयाल कहने लगे—"इसी बीच नरेन्द्र बाबू की सहायता से नलिनी ने डाक्टरी की कई किताबें खत्म कर दी हैं। दोनों को ही लिखने-पढ़ने का बड़ा अनुराग है।"

बहुत देर तक निःशब्द चलने के बाद, प्राणपण से अपने को संयत करके विजया ने पूछा—"आपको क्या और कुछ सन्देह नहीं होता? नलिनी के सम्बन्ध में उनके मन का भाव स्पष्ट समझ लेना उचित है।"

"उसके लिए अभी बहुत समय है बेटी। अभी दोनों का परिचय और घनिष्ठ हो जाने देना ठीक होगा।"

"किन्तु इससे नलिनी की तो क्षति हो सकती है?"

"नरेन्द्र पर हम लोगों को खूब विश्वास है। उनसे किसीकी क्षति नहीं हो सकती।"

वह भले ही कहें, पर अन्याय और क्षति कहां तक पहुंच चुकी है, इसे केवल अन्तर्यामी ही जानते हैं।

विजया के साथ दयाल ने जब अपनी बैठक में पैर रखा, तब संध्या की छाया घनी हो चुकी थी। एक टेबल के दोनों ओर कुर्सियों पर बैठे नलिनी और नरेन्द्र कुछ बातचीत कर रहे थे—सामने किताब खुली पड़ी हुई थी। नलिनी का मुंह दरवाज़े की ओर था, इसलिए उसीने पहले विजया को देख सानंद उसका स्वागत किया, किन्तु विजया का मुख कैसा काला पड़ गया यह संध्या के झुटपुटे में वह न देख पाई। नरेन्द्र ने घूमकर पूछा—"अच्छी तो हैं न?" विजया ने न नमस्कार के बदले नमस्कार किया, न उसके प्रश्न का उत्तर दिया। वह नलिनी से बात करने लगी। नरेन्द्र ने सामने आ हंसकर कहा—"जान पड़ता है, मुझे

आप पहचान भी नहीं सकीं?"

विजया ने शांत अवज्ञा के साथ उत्तर दिया—"पहचानने से ही क्या पहचानना आवश्यक होता है?" फिर नलिनी से कहा—"चलिए, मामीजी से भेंट कर आऊं," और नरेन्द्र की ओर देखे बिना नलिनी को ठेल ले गई। सीढ़ियां चढ़ते हुए नलिनी ने कहा—"चाय पिए बिना जाइएगा नहीं नरेन्द्र बाबू!"

नरेन्द्र इसका कुछ जवाब न दे सका—विस्मय और अपमान से एकबारगी काठ होकर खड़ा रह गया। वृद्ध दयाल बाबू उसकी लज्जा में हिस्सा बंटाने के लिए उसके पास खड़े हो गए। उन्हें संदेह होने लगा कि जो कुछ बाहर दिखाई पड़ा वही सत्य नहीं है—यह अकारण अपमान की आड़ में जो कुछ रह गया है, वह चाहे और जो हो, उपेक्षा और अपमान तो नहीं है।

चाय के लिए जब दयाल बाबू की पुकार हुई तो वे नरेन्द्र को अकेले छोड़ जाने में हिचकिचाए। नरेन्द्र ने कहा—"मैं तो घर का आदमी हूं, मेरा कुछ ख्याल न कीजिए। मान्य अतिथि का सम्मान रखना उचित है। आप जल्द जाइए।"

"तब क्या तुम ज़रा बैठोगे?"

"क्यों नहीं?"

आध घंटे बाद तीनों चाय पीकर नीचे आए, तब नलिनी ने सलज्ज कोमल स्वर से कहा—"आपकी चाय आ रही है नरेन्द्र बाबू।"।

किन्तु विजया नरेन्द्र की ओर देखे बिना ही दरवाज़े के बाहर हो गई। बाहर बूढ़ा कन्हैयासिंह प्रतीक्षा कर ही रहा था। विजया चल पड़ी। नवमी का चन्द्रमा आकाश में विराजमान है। विजया को लग रहा था कि उसके पांव के नीचे की घास से लेकर आकाश, मैदान, वन-रेखा, नदी, जल, जहां जो कुछ भी दिखाई पड़ता है वह सभी इस नीरव चांदनी में सन-सन कर रहे हैं, जैसे किसीके साथ किसीका कुछ भी सम्बन्ध नहीं है, जैसे निद्रा की अवस्था में उन्हें स्वतन्त्र जगत् से तोड़कर इधर-उधर फेंक दिया गया है। चलते-चलते उसकी आंखों से निरन्तर

आंसू गिरने लगे। उन्हें पोंछते हुए वह बार-बार कहने लगी—"अब और सहा नहीं जाता, अब और सहा नहीं जाता।"

घर में आते ही सूचना मिली कि रासबिहारी बड़ी देर से बाहर की बैठक में बैठे हुए हैं। वह कुछ न कहकर अपने ऊपर के कमरे में चली गई। थोड़ी देर बाद रासबिहारी ऊपर आ गए और जेब से एक कागज़ निकालकर बोले—"इसमें हस्ताक्षर-भर करना है बेटी, और सब मैंने लिख दिया है।" इतना कहकर कागज़ उन्होंने विजया के हाथों पर रख दिया। उसने देखते ही जान लिया कि ब्राह्म-विवाह के कानून के अनुसार वह विवाह की रजिस्टरी का कागज़ है। पढ़कर उसका मन कठिन उदासीनता और दारुण वितृष्णा से भर गया। उसे लगा, संसार के सभी पुरुष एक जैसे ही हैं। अपनी सुख-सुविधा के लिए स्त्री के प्रति नीचता, कृतघ्नता, निष्ठुरता का आचरण करने में सब बराबर हैं। उसे न जाने कैसे विश्वास हो गया कि उसके मन की एकांत-कामना को जानकर भी दयाल ने ऐसा होने दिया—उसी दयाल ने जिसके लिए विजया ने क्या-क्या नहीं किया। पर अपनी भांजी की भलाई के लिए वे उसके सब उपकारों को भूल गए। रासबिहारी से उनमें क्या अन्तर है? नरेन्द्र का विचार तो उसने जबर्दस्ती अपने मन से दूर कर दिया था। वह बार-बार मन में यही कहने लगी कि जब सभी बराबर हैं तो फिर बेचारे विलास को ही वह विद्वेष की दृष्टि से क्यों देखे? बल्कि वही तो सबसे अधिक निर्दोष है। उसके वाक्य और व्यवहार में भी सामंजस्य है। उसने यदि अपराध किया भी है, तो उसी-को पाने के लिए। उसका प्यार सच्चा है, तभी तो उसपर आंच आते देख वह तनकर खड़ा हो गया और 'जाओ' कहते ही चले जाना उसके लिए असम्भव हो गया। फिर वास्तविक गृहस्थी की दृष्टि से भी वह उस अपदार्थ की तुलना में बहुत अच्छा है।

रासबिहारी ने व्यग्र होकर कहा—"बेटी! यहां कलम-दवात है या नीचे से मंगवाऊं?" स्वार्थान्ध वृद्ध की निष्ठुर व्यग्रता ने छुरी की तरह उसके समस्त विचार-तंतुओं को छिन्न-भिन्न कर दिया। उसने

कठोर और निर्दय होकर पूछा—"मैं पूछती हूं काकाजी! कि क्या आपके मत से पाप चाहे जितना ही बड़ा हो, वह रुपयों के ढेर के नीचे छिप जाता है?"

रासबिहारी ने अकचकाकर कहा—"कैसे बेटी?"

विजया ने अविचल दृढ़ स्वर में कहा—"ऐसा न होता तो हमारे इतने बड़े पाप की उपेक्षा कर आप भला मुझे ग्रहण करने की इच्छा करते?"

"वह तो झूठी बात है। बड़े से बड़ा शत्रु भी तुमपर यह अपवाद नहीं लगा सकता।"

"शत्रु तो नहीं कर सकता, पर मैं पूछती हूं कि विलास बाबू क्या मुझे श्रद्धा की दृष्टि से देख सकेंगे?"

"विलास तुमको श्रद्धा की दृष्टि से न देख सकेगा? तुम्हें? विलास?" फिर ज़ोर से आवाज़ दी—"विलास! विलास!"

विलास वहीं कहीं प्रतीक्षा कर रहा था। आवाज़ सुनते ही आ गया। विजया ने पूछा—"उस दिन काकाजी ने घर के नौकर चाकरों से पता लगाकर मुझसे आकर कहा था कि बहुत रात तक नरेन्द्र बाबू के साथ आमोद-प्रमोद करके भी मेरा जी नहीं भरा और तब वे ट्रेन छूट जाने का बहाना कर रात यहीं बिताकर गए। ऐसी दशा में······"

रासबिहारी चिल्ला उठे—"कभी नहीं, कभी नहीं। यह असम्भव है···।"

विलास का मुख काला पड़ गया। उसने कहा—"मैंने तो यह कुछ नहीं सुना। पर दुनिया भर के लोग कहते तो भी मैं इसपर विश्वास न करता।"

"क्यों न करते? क्या मेरी जायदाद के लिए?"

विलास की दोनों आंखें प्रदीप्त हो उठीं; किन्तु उसने शांत, स्थिर स्वर में कहा—"तुम्हारी जायदाद का मुझे लेशमात्र लोभ नहीं है।"

सन्नाटा छा गया और उस सन्नाटे में सबको लगा जैसे वे लोग

बाज़ार में खड़े मोल-तोल कर रहे हों। विजया को अनुभव हुआ कि कोई भी भले घर की लड़की अपने चरित्र को लेकर ऐसी मर्यादाहीन बातचीत नहीं कर सकती। तब उसे जान पड़ा कि दाम्पत्य-जीवन में जो कुछ माधुर्य है, जो कुछ पवित्रता है, वह सब मानो गिरकर धूल में लोटने लगी है।

घर की निबिड़ निस्तब्धता को तोड़कर विलास बोला—"मैं तुम-से फिर कहता हूं कि तुम्हारी सम्पत्ति का कोई लोभ मेरे मन में नहीं है। मैं केवल तुम्हें चाहता हूं!"

विजया ने अपना पीला मुंह उसकी ओर करते हुए पूछा—"सच कहते हो?"

विलास ने बढ़कर विजया का दाहिना हाथ अपने हाथ में लेते हुए कहा—"विजया, यदि मेरे मन में कुछ सत्य है तो मैं तुम्हारे सामने सच ही कह रहा हूं।" थोड़ी देर तक दोनों वैसे ही खड़े रहे। फिर विजया ने धीरे-धीरे अपना हाथ हटा लिया और उसने विवाहवाले कागज़ पर हस्ताक्षर करके रासबिहारी के हाथ में देते हुए कहा—"यह लीजिए।"

पिता के चले जाने पर विलास ने कहा—"मैं जानता हूं, तुम मुझे प्यार नहीं करतीं, किन्तु सामान्य आदमियों की तरह यदि मैं उस प्रेम को ही सबसे ऊंचा मानता तो कह देता कि विजया, तुम जिसे प्यार करती हो उसे ही वरण करो। मुझमें वह उदारता, वह शक्ति, वह त्याग है। पर एक सकाम रूप-तृष्णा ही, जिसे मानव प्यार कहने की भूल करता है, क्या ब्राह्मकुमार-कुमारियों के विवाह का चरम लक्ष्य है? नहीं, हर्गिज़ नहीं। उसका विराट उद्देश्य सत्य है, मुक्ति है, परब्रह्म के चरणों में युग्म-आत्माओं का एकांत आत्मसमर्पण है। एक दिन मेरे निकट तुम्हें इस सत्य का ज्ञान होगा।"

विजया ने कुछ कहना चाहा, पर उसका कंठ रुंध गया। उसने दोनों हाथ सिर से लगाकर नमस्कार किया और जल्दी से घर के अन्दर चली गई।

25

निदारुण संशय की तूफानी आग में पड़कर विजया का चित्त कितनी दूर तक पीड़ित एवं उद्भ्रांत हो उठा था, इसे वह अपने को पूर्णतः अर्पित करने के पूर्व नहीं अनुभव कर सकी। आज सवेरे नींद टूटने पर उसे मालूम हुआ कि उसका मन खूब शान्त हो गया है, मन में कहीं चंचलता नहीं रह गई है। बाहर देखने पर जान पड़ा मानो समस्त आकाश जैसे सावन के प्रभात की भांति धूसर मेघों के बोझ से पृथ्वी पर गिरा पड़ता है और उसके लिए शय्या छोड़ना न छोड़ना बराबर है। खिड़की से दिखाई दे रहे बगीचे के वृक्ष-लता-समूह सब स्थिर एवं गम्भीर हो गए हैं, कहीं कोई खींचातानी, तर्क-वितर्क नहीं है और एक ही रात में जैसे सब कुछ ऋषि-मुनियों के तपोवन के रूप में बदल गया है।

बड़ी देर बाद परेश की मां के पुकारने पर वह उठी। हाथ-मुंह धो, कपड़े बदल नीचे उतरते समय देखा कि आज स्वयं रासबिहारी मज़दूरों के काम का निरीक्षण कर रहे हैं। विवाह को दो ही दिन तो रह गए हैं। इसी बीच सारे मकान को लीप-पोतकर एकदम नया कर देना होगा।

थोड़ी देर पहले ही विजया ने सोचा था कि जो कठिन समस्या कल रात अन्तिम रूप से हल हो गई है और जो अब किसी कारण से और किसीके द्वारा बदली नहीं जा सकती, उसके बुरे-भले, न्याय अन्याय के बारे में मन में भी कोई विचार नहीं करूंगी; परन्तु सहसा देख पड़ा कि वह सम्भव नहीं है। नीचे उतरते ही रासबिहारी से सामना होगा, यह विचार आते ही वह लौटकर बरामदे में टहलने लगी। अकस्मात् उसे बाल-बन्धुत्रों का स्मरण पाया। बहुत दिनों से किसीसे चिट्ठी-पत्री नहीं हुई। आज हृदय में जमी व्यथा को पत्र द्वारा वहा देने के लिए उसने पुस्तकालय में प्रवेश किया। फिर वह पत्र लिखने में ऐसी डूबी कि समय किस प्रकार बीत गया, कितने आंसू गिर गए, इसका उसे कोई होश ही न रहा। परेश की मां ने आकर कहा—"बिटिया! डाक्टर बाबू आ रहे हैं।" और सूचना देकर चली गई। नरेन्द्र पहले कई बार

ऊपर आ चुका था, परन्तु बिना सूचना दिए इस प्रकार ऊपर चले आने की कल्पना भी विजया न कर सकती थी। उसका मुंह सूखा, बड़े-बड़े बाल बिखरे हुए थे। उसने कमरे में प्रवेश करते हुए पूछा—"बताइए तो उस दिन आपने मुझे पहचानना क्यों नहीं चाहा?" तब उसके कंठ-स्वर में भरी थकावट का अनुमान कर विजया चौंक पड़ी। खड़े होकर व्यग्रतापूर्वक उसने पूछा—"आपको क्या हुआ है नरेन्द्र बाबू? आप बीमार तो नहीं हैं?"

नरेन्द्र ने सिर हिलाकर कहा—"नहीं, अब ठीक है। था तो मामूली ज्वर, पर उसने इतना दुर्बल कर दिया कि आज से पहले न आ सका। परन्तु उस दिन मैंने क्या अपराध किया था, यह तो बताइए।" परेश खड़ा था, विजया ने उससे कहा—"परेश! जा, अपनी मां से कह कि खाने-पीने को कुछ ले आवे। जान पड़ता है, आपने सुबह से कुछ खाया-पीया भी नहीं है?"

"नहीं, किन्तु उसकी मुझे कोई चिन्ता नहीं है।"

"मुझे तो है।" कहकर विजया भी लड़के के पीछे-पीछे बाहर चली गई। थोड़ी देर बाद स्वयं परोसी थाली और गरम दूध भरा कटोरा लेकर लौटी और चुपचाप वह सामग्री अतिथि के आगे रख दी। नरेन्द्र ने भोजन करते हुए हंसकर कहा—"आप भी एक अद्भुत प्राणी हैं। दूसरे के घर में पहचानना तक नहीं चाहतीं और अपने घर में इतना पहचानती हैं कि आश्चर्य होता है! उस दिन के व्यवहार से तो समझा था कि भेंट ही न करेंगी, इसीलिए बिना सूचना दिए चला आया। था तो सामान्य ज्वर, पर उसने मुझे इतना दुर्बल कर दिया है कि कुछ न पूछिए। आपसे जल्द भेंट होने की सम्भावना होती तो मैं आज भी न आता। कमज़ोरी के कारण इतनी दूर चलकर आने में मुझे सचमुच बड़ा कष्ट हुआ है। पर मैंने यहां की नौकरी छोड़ दी है। मुझे आपके शुभ विवाह का निमंत्रण पत्र मिला है, किन्तु उसे देखने का सौभाग्य मैं न प्राप्त कर सकूंगा। उसी दिन मेरा जहाज़ करांची से छूट जाएगा।"

विजया डरकर बोली—"करांची से? आप कहां जा रहे हैं?"

"साउथ (दक्षिण) अफ्रीका। पछांह में भी एक जगह ठीक हो रही थी, पर जब नौकरी ही करनी है तब बड़ी देखकर करना ही अच्छा है। फिर मेरे लिए पंजाब हो या केप कालोनी, बराबर है। शायद अब हम-में कभी भेंट न होगी।"

अन्तिम बात शायद विजया के कानों में नहीं पहुंची। उसने घबरा-कर सवाल पर सवाल करना शुरू कर दिया—"नलिनी क्या राज़ी हो गई हैं? उनके राज़ी होने पर भी आप इतनी जल्दी कैसे चले जा सकते हैं, मेरी तो समझ में ही नहीं आता। क्या आपने उन्हें सब कुछ खोलकर बता दिया है? और उन्होंने इतनी दूर जाने की राय कैसे दे दी? नहीं, यह नहीं हो सकता। आप लोग क्या हमें बक्स-बिस्तरे के समान समझते हैं कि इच्छा हो या न हो, रस्सी में बांध गाड़ी पर रख लेंगे और हमें साथ जाना ही पड़ेगा? उनके सम्मत हुए बिना आप किसी तरह उन्हें इतनी दूर नहीं ले जा सकते।"

नरेन्द्र का मुंह मलिन हो गया। विह्वल की भांति कुछ देर तक स्तब्ध रहकर उसने कहा—"बात क्या है? दयाल बाबू भी मेरा इरादा सुनकर चौंक पड़े थे और इसी तरह की आपत्ति की थी। पर नलिनी के मतामत पर मेरा जाना क्यों निर्भर है और वे क्यों मेरी यात्रा में विघ्न डालेंगी, यह सब मेरी समझ में नहीं आता। ज़रा साफ बताइए तो।"

"आपने क्या उनके साथ विवाह का प्रस्ताव नहीं किया?"

नरेन्द्र जैसे एकाएक आकाश से गिर पड़ा। बोला—"नहीं, कभी नहीं।"

विजया के मुंह पर खून की एक झलक दौड़ गई, किन्तु उसने तुरन्त अपने को संयत करके पूछा—"माना, नहीं किया, पर करना उचित तो था। आपका मनोभाव तो किसीसे छिपा नहीं है।"

बहुत देर तक सन्न बैठा रहकर नरेन्द्र ने कहा—"मैं यही सोच रहा हूं कि यह अनिष्ट किसके द्वारा हुआ। स्वयं नलिनी द्वारा तो हुआ नहीं, क्योंकि वे शुरू से ही जानती थीं कि यह असम्भव है...।"

"असम्भव क्यों?"

"कारण कई हैं, पर एक मोटा कारण यह है कि मैं हिन्दू हूं और वे ब्रह्मसमाजी हैं। फिर हमारी जाति भी एक नहीं है।"

विजया ने मलिन होकर पूछा—"क्या आप जाति मानते हैं?"

"मानता क्यों नहीं? हिंदुओं में एक जाति का विवाह दूसरी जाति से नहीं होता, इसे क्या आप नहीं मानती?"

"मानती हूं पर अच्छा समझकर नहीं। आप शिक्षित होकर इसे कैसे मानते हैं? अच्छा, भिन्न जाति की बात जाने दीजिए। जहां जाति एक ही है, वहां भी धर्ममत की भिन्नता के कारण ही आप विवाह असंभव कहेंगे? फिर आप कौन हिन्दू हैं? आप तो समाज-बहिष्कृत हैं, जातिच्युत हैं। आप भी क्या किसी ब्राह्मकुमारी को अपने साथ ब्याहे जाने योग्य नहीं मानते? अगर यही आपका मत है तो आपने शुरू से ही क्यों नहीं कह दिया?" कहते-कहते विजया की आंखें आंसुओं से भर गई। उन्हें छिपाने के लिए उसने मुंह फेर लिया, किन्तु नरेन्द्र को वह धोखा न दे सकी। वह बोला—"यह मेरा मत नहीं है। नलिनी के विषय में एक कल्पना करके आप व्यर्थ कष्ट पा रही हैं। उनका मन कहीं और बंध गया है और मैं क्यों पृथ्वी के दूसरे छोर पर भागा जा रहा हूं, वे भी इसे समझ लेंगी। आप व्यर्थ उद्विग्न न हों।"

विजया ने बिजली की तेज़ी से घूमकर कहा—"क्या आप समझते हैं कि केवल उन्हींकी मंज़ूरी होने न होने से आप, जहां खुशी हो, जा सकते हैं?"

नरेन्द्र के कलेजे में यह बात बिजली की रेखा की भांति फैल गई। किन्तु साथ ही उसकी नज़र टेबल पर पड़े उसके विवाह के लाल निमंत्रणपत्र पर भी गई। उसने कुछ देर स्थिर रहकर धीरे-धीरे कहा "मैं आपकी इच्छा के विरुद्ध भी कुछ नहीं कर सकता। किन्तु आप तो मेरा सब हाल जानती हैं। मेरे जीवन की साध भी आपसे छिपी नहीं है। विदेश में वह साध शायद कभी पूरी हो जाए; इस देश में इतना बड़ा निकम्मा, दीन-दरिद्र एक रहा या न रहा, इससे किसीका क्या

बनता-बिगड़ता है?"

विजया सिर नीचा किए बैठी रही, फिर बोली—"आप दीन-दरिद्र तो नहीं हैं। आपके पास सब कुछ है, इच्छा करते ही सब कुछ वापस ले सकते हैं।"

"इच्छा करते तो नहीं ले सकता, पर आपने उसे देना चाहा था यह मुझे याद है और सदा याद रहेगा; किन्तु देखिए, लेने का भी एक अधिकार होता है, वह अधिकार मुझे नहीं है।"

"कैसे नहीं है? यह जायदाद मेरी नहीं, पिताजी की है। आपको अधिकार न होता तो आप उस दिन परिहास में ही सही दावे की बात न कर सकते। आपकी जगह मैं होती तो वे जो कुछ दे गए हैं सब ले लेती, एक तिल भी नहीं छोड़ती।" विजया ने सिर झुकाए हुए कहा।

थोड़ी देर बाद नरेन्द्र की एक लंबी सांस से चौंककर उसने सिर उठाकर देखा कि नरेन्द्र का चेहरा न जाने कैसा हो गया है। आंखें मिलते ही नरेन्द्र बोल उठा—"नलिनी ने ठीक ही समझा था विजया, किन्तु मैंने ही विश्वास नहीं किया। मेरे जैसे निकम्मे, अपदार्थ व्यक्ति की भी किसीको आवश्यकता हो सकती है, इसे मैंने असंभव मान हंसकर उड़ा दिया था। किन्तु यदि सचमुच यह असंगत कल्पना तुम्हारे मन में आई थी तो आपने हुक्म क्यों नहीं दिया? मेरे लिए तो ऐसा सपना देखना भी पागलपन था विजया!" इतने दिन बाद नरेन्द्र के मुंह से प्रेमपूर्ण संबोधन सुनकर विजया को रुलाई छूट गई। वह मुंह पर आंचल देकर उसे रोकने की चेष्टा करने लगी।

इसी समय दयाल बाबू ने कमरे में प्रवेश किया और चुपचाप आकर विजया के पास बैठ गए। फिर उसके सिर पर हाथ रखकर पुकारा "बेटी!" दयाल के स्वर में मृत पिता के स्वर का आभास पाकर विजया ने उनकी गोद में सिर रख दिया और रोने लगी। दयाल की आंखों से आंसू गिरने लगे। इस संसार में एकमात्र वही उसके गर्मान्तक रोदन का रहस्य जानते थे। सिर पर हाथ फेरते हुए बोले—"मेरी ही गलती से यह भयानक अन्याय हुआ है बेटी। नलिनी सब जानती थी, परन्तु

मेरे जानने में भूल हुई। मैं नहीं जानता था कि नरेन्द्र केवल तुमको···। पर सब कुछ समझने में मुझसे बड़ी भारी भूल हो गई है। अब इसका कोई प्रतिकार, कोई उपाय नहीं हो सकता बेटी?"

विजया ने वैसे ही मुंह छिपाए हुए रुंधे स्वर में कहा—"मृत्यु के सिवा और कोई उपाय नहीं है। मैं जबान दे चुकी हूं, प्राण रहते उसे फेर न सकूंगी। मरे बिना मेरा···" आगे वह कुछ न बोल सकी।

परेश की मां ने आकर कहा—"बिटिया, तीन बज गए।" सुनकर दयाल बाबू विजया का सिर ऊपर उठाने लगे। थोड़ी देर बाद परेश ने आकर फिर कहा—"तुम्हारे खाए बिना कोई खा-पी नहीं सकता।" यह सुनकर विजया आंसू पोंछ उठ बैठी और बिना कुछ कहे अन्दर चली गई। दयाल बाबू ने कहा—"नरेन्द्र बाबू! तुमने भी तो अभी तक नहाया-खाया न होगा।" नरेन्द्र कुछ और बातें सोच रहा था; अन्य-मनस्क की भांति बोला—"नहीं।"

"तो आओ, मेरे साथ चलो।"

"चलिए।" कहकर वह उठ खड़ा हुआ। दोनों चले गए।

26

उसी दिन संध्या को जब आसन्न विवाह के बारे में कुछ बातचीत करके पिता-पुत्र दोनों चले गए, तब विजया अपने पुस्तकालय में प्रवेश करते ही चकित रह गई। दयाल बाबू वहां ऐसे तन्मय होकर बैठे थे कि उन्हें किसीके आने-जाने का कुछ पता ही न था। उनके ऐसे तद्गत भाव को भंग करने की इच्छा उसे नहीं हुई इसलिए वह चुपचाप चली गई। पर जब एक घंटे बाद फिर आकर देखा कि उनकी वही हालत है, तब उनके पास आकर खड़ी हो गई। दयाल चकित होकर बोले—"तुम्हारी ही प्रतीक्षा कर रहा था बेटी! कल दोपहर के समय मेरे यहां

तुम्हारा निमंत्रण है। नहीं, नहीं, यह किसी तरह नहीं होगा, तुम मुझे इन्कार करके विदा नहीं कर सकोगी, इसीलिए मैं इतनी दूर स्वयं आया हूं। पालकी-कहार ठीक कर लिए हैं। वे आकर तुम्हें ले जाएंगे।"

वृद्ध की करुण वाणी सुनकर विजया की आंखें छलछला आई। उसने कहा—"एक चिट्ठी लिखकर भेज देते, तो भी मैं 'नहीं' न करती। आप नाहक इतनी दूर आए।"

"देखना भूल न जाना बेटी, नहीं तो मुझे धूप में आना पड़ेगा।"

प्रबल आग्रह देख विजया को आश्चर्य हुआ। आज तक दयाल बाबू ने कभी उसे निमंत्रण नहीं दिया था; फिर संध्या की जगह दोपहर को खिलाने का क्या समय है? कल तक निमंत्रण की कोई बात नहीं थी, फिर अकस्मात् यह क्या सूझा है? उसने पूछा—"अच्छा, पर इस आकस्मिक निमंत्रण का कारण में जान सकती हूं?"

"नहीं, कल वहीं मालूम हो जाएगा।"

"अच्छा कारण न बताइए, पर निमंत्रित किन-किनको किया है?"

"सबको तो तुम पहचानती नहीं बेटी! पड़ोसी, इष्टमित्र। तुम्हारे परिचितों में केवल दो हैं—रासबिहारी और नरेन्द्र।"

दूसरे दिन विजया ठीक समय पर तैयार होकर पालकी की प्रतीक्षा करने लगी। ढाई बज गए। पालकी का पता नहीं। उसने सोचा निमंत्रण देकर भूल तो नहीं गए। आदमी भेजकर पता लगवाने से तो वे लज्जित होंगे। विजया यही सब सोच रही थी कि परेश ने आकर कहा—"पालकी आ गई।"

विजया घर से रवाना हुई तब तीसरा पहर हो रहा था। दयाल के घर पहुंची तो देखा कि वहां आम्र-पल्लवों की बन्दनवार बंधी है। दोनों ओर जल से भरे कलश रखे हैं। यह सब देख उसे आश्चर्य हुआ। दयाल बाबू देखते ही 'आ गई बेटी' कहकर हाथ पकड़ उसे आदरपूर्वक ऊपर ले गए। सीढ़ियों पर चढ़ते हुए विजया ने स्नेहमयी खीझ के साथ कहा—"भूख के मारे मेरे प्राण निकल रहे हैं। यही आपके मध्याह्न भोजन—का निमंत्रण है?"

दयाल ने स्निग्ध स्वर में कहा—"आज तो तुम लोगों को खाना नहीं है बेटी! नरेन्द्र तो निर्जीव होकर सोया पड़ा है। कम से कम आज एक दिन तो काने भट्टाचार्यजी की बात माननी ही होगी।"

ऊपर दालान में ब्याह की सब तैयारी देख, कुछ न जानने पर भी, उसका हृदय कांप उठा, पर वह कुछ पूछने का साहस न कर सकी।

दयाल ने सहज भाव से समझाकर कहा—"संध्या के बाद ही लग्न है। आज तुम्हारा विवाह है विजया। भाग्य से लग्न मिल गया, पर लग्न न भी मिलता तो आज विवाह कर ही दिया जाता।"

विजया का चेहरा फक पड़ गया। बोली—"आप क्या मेरा हिंदू विवाह कराएंगे?"

दयाल बोले—"हिंदू विवाह क्या विवाह नहीं है बेटी? साम्प्रदायिक मत मनुष्य को ऐसा पागल कर देते हैं कि वह उनके बाहर निकल नहीं पाता। मैं कल रात-भर सोचकर भी इस कठिनाई का समाधान न कर सका, किन्तु नलिनी ने क्षण-मात्र में मुझे राह दिखा दी। वह बोली—'उनके पिता उन्हें जिनके हाथ में दे गए हैं, उन्हींके हाथ में तुम उन्हें अर्पण करो। ब्राह्म-विवाह के चक्कर में पड़कर किसी अपात्र को सौंपने में अधर्म होगा। मन का मिलन ही सच्चा विवाह है। ब्याह के मंत्र बंगला में हों या संस्कृत में, उन्हें भट्टाचार्यजी पढ़े या आचार्य महाशय, उससे कुछ आता-जाता नहीं मामा!' मैंने मन ही मन कहा—हे भगवान, तुमसे तो कुछ छिपा नहीं है। चाहे जिस मत से मैं इनका विवाह करूं, तुम्हारे निकट मैं अपराधी नहीं होऊंगा। फिर भी नलिनी से कहा—'पर नलिनी! विजया ने उन लोगों को जो वचन दिया है उसे कैसे तोड़ा जायगा?' वह बोली—'मामा! तुम तो जानते हो कि विजया के अन्तर्यामी ने कभी उस प्रतिज्ञा का अनुमोदन नहीं किया; क्या उसकी अपेक्षा हस्ताक्षर कर देना या मुंह से मंजूर कर लेना ही बड़ी बात है? क्या उनके हृदय के सत्य की अपेक्षा उनके मुख के सत्य को प्रधानता दी जाएगी?' मैंने चकित होकर पूछा—'तूने ये बातें किससे सीखीं बेटी?' उसने कहा—'नरेन्द्र बाबू से। वे कई बार

मुझसे कह चुके हैं कि सत्य का स्थान मुंह नहीं, हृदय है।' और नरेन्द्र तुम्हें कितना चाहता है बेटी, इसे तुम भी ठीक-ठीक नहीं जानतीं। असत्य का बोझ तुम्हारे सिर लादकर वह तुम्हें ग्रहण करने को भी तैयार न होगा।"

विजया चुपचाप खड़ी रही। उसके आगमन की खबर पाकर नलिनी दौड़ आई और उससे लिपट गई। फिर कान में कहा—"तुम्हें सजाने का भार नरेन्द्र बाबू ने आज मेरे ऊपर डाला है, चलो।" यह कहकर वह जबर्दस्ती विजया को ठेल ले गई।

दो घंटे बाद फूलमाला, चंदन आदि से सजाकर नलिनी ने उसे ले आकर वधू के आसन पर बैठा दिया। दूर के नाते विजया की एक बुआ ने कन्यादान किया। विवाह का अनुष्ठान पूरा हो गया। वर-वधू उठने की तैयारी कर रहे थे कि रासबिहारी आ गए। दयाल ने आदर पूर्वक उनकी अभ्यर्थना करते हुए कहा—"आओ भाई, आओ। शुभ कर्म निर्विघ्न पूरा हो गया है। आज के दिन मन में कोई ग्लानि न रखो भाई। इन्हें आशीर्वाद दो।"

रासबिहारी कुछ देर तक स्तब्ध रहकर बोले—"वनमाली की लड़की का विवाह क्या अन्त में तुमने हिंदू मत से ही किया दयाल? मुझे बता देते तो इसकी आवश्यकता न होती।"

दयाल ने इधर-उधर करके कहा—"सभी विवाह एक ही हैं भाई!"

रासबिहारी ने कठोर स्वर में कहा—"नहीं ; किन्तु क्या वनमाली की कन्या को गांव से अपने बाप का आजीवन निर्वासन-दुःख भी याद नहीं आया?"

नलिनी पास ही खड़ी थी। वह बोल उठी— "उनकी बेटी ने उन्हीं की सच्ची आज्ञा का पालन किया है, अनुष्ठान-विधि पर विचार करने का समय ही उन्हें नहीं मिला। आप भी तो वनमाली बाबू की यथार्थ इच्छा जानते थे। उसमें तो कोई त्रुटि नहीं हुई।"

रासबिहारी इस दुर्मुख लड़की की ओर क्रूर दृष्टि डालकर बोले "हुं!" उन्हें जाने की चेष्टा करते देख नलिनी बोली—"वाह! ब्याह-

वाले घर से आप ऐसे ही चले जाएंगे? ऐसा नहीं हो सकता, आपको खाकर ही जाना होगा।"

रासबिहारी कुछ नहीं बोले। जलती आंखों से उसकी ओर देखकर धीरे-धीरे बाहर चले गए।

ooo